こころの四季

Takikawa Kazuhiro

滝川一廣

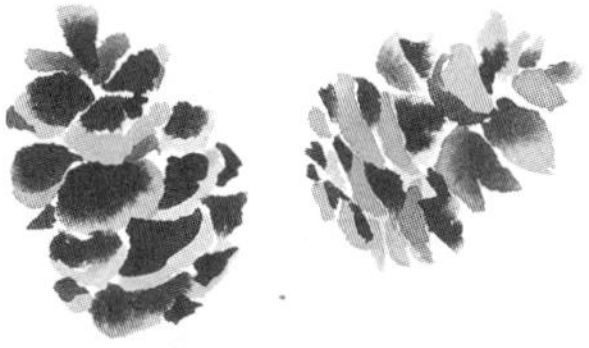

日本評論社

こころの四季

目　次

目次

地球の温暖化と子どもたちの明日

連載タイトルを編集者に問われて、なにをどう書くあてもなかったけれども、思いつくまま「このころの四季」にしましょうと答えた。

私たちは顔を合わせればまず「お暑うございます」とか「涼しくなりましたね」と言葉を交わし、手紙は時候の挨拶から書き起こす。季節を確かめあって人と交わる習慣を私たちはもっている。

この習慣はいつの頃からだろうか。また、どこまでわが国の文化的特徴であり、どこまで文化を超えて普遍的なことなのだろうか。

私たちは季節を生きている。季節とは過ぎ去って帰らぬものでもあり、巡っては戻りくるものでもある。そんな二重性をもった四季の移ろいは、私たちのこころのあり方にさまざまな陰影をもたらしているだろう。

子どもの臨床問題を主題としたエッセイが私に与えられた課題だけれども、この領域で昨今問題となっているのは、発達障害とか児童虐待とか少年犯罪とかいじめとか、季節の香りに乏しく、およそ歳時記とは縁遠い事柄ばかりである。あるいは、そのような報じ方、とらえ方、語り方しかできないところに問題があるのかもしれない。季節感は生活感に通じる。

エッセイだからそのような事柄を扱いながら、でも、どこかに季節の陰影を、というのがタイトルを選んだときの願いだった。無理かもしれないけど試してみよう。しかし気づけば本稿の締め切りが八月初旬で掲載は十月号である。夏の真っ盛りに書いたものを秋半ばにお読みいただく寸法で、季節がずれる。うーん、どこまでもむずかしい。

いま窓の外には蟬の声、窓の内にはエアコンの音を聴きながらワープロに向かっている。部屋を一歩出ればムッと熱気。昔読んだ太宰治の掌編に、秋はずるくって夏と一緒にやってきてこっそり隠れているんだ、というものがあった。人々は暑い暑いと騒いだり海だ花火だと浮かれているけれども、詩人の眼はもう秋がいるのを見逃さない、といった内容だった。夏のさなかの文にもきっと秋が隠れているとしてお許しいただきたい。季節は必ず過ぎる。盛夏に秋の寂寥を見ることができるのは、それを知るゆえだろうか。

ところがいまや季節に異変が起きていて、気温に関するかぎり春続き、夏続きのような地球となる危機に瀕しているというのが、先般の洞爺湖サミットでも議題となった地球温暖化問題だろう。この暑さの中で論じるには格好のテーマといえよう。もっとも、いまの私みたいにエアコンを効かせた室内にいて、そこで温暖化の危機を論じるのはどんなものか。豪勢な晩餐を愉しみながら食糧危機を語るに似ている。論より先にエアコンを止めるべきかもしれない。サミットでは、二酸化炭素排出規制を論じ合っているまわりをおびただしいパトカーやヘリコプターが走り回り飛び回るというういささか皮肉な光景が繰り広げられた。ほんとうのところ、どこまで切迫した危機なのだろうか。

温暖化問題は素人の私には判断しきれないところが多い。専門家の間でもすっかり見解が一致しているわけではなさそうで、土台となる仮説への異論や懐疑論も目にする。考えてみれば、これは地球という巨大なものを相手にした未来予想で、未知数な要素が多分にはらまれ、ほんとうはなんとも言い切れぬところが少なくないにちがいない。

現在の温暖化防止キャンペーンはあまりにも確信的に未来危機を語るところがあって、いささかの違和感を覚える。危機感を煽らないとキャンペーンにならぬのだろうけれど。その一方で、エコバッグだのクールビズだの、地球規模の大危機に立ち向かうにしてはチマチマしている。エアコンは止めないまま、もう少し論を進めてみたい。

長いタイムスパンでみれば、地球の平均気温は寒冷と温暖との間で変動の波を繰り返している。ここ百年以上、地球の平均気温は少しずつ上昇している。繰り返される気温変動の上昇期にあるだけなら問題はない（というか天然現象として引き受けるほかない）。

ところが現在の上昇をプロットしてみると、これまでのような気温変動の上昇期としては説明しきれない勾配の高さがみられる。気温はなにか一つの要因によって一元的に決まるものではなく、多数の要因が複雑に絡み合っており、メカニズムの全貌はつかめていない。だから、たまたま上昇の振れ幅が大きいだけで特異な問題性はないと考える余地もある。しかし一方、ここ百年の気温上昇のパターンがこれまでとは大きく変わったとすれば、気温決定にあずかる多数の要因にさらに新たな要因が増えたか、これまであった要因のどれかが減ったかして、そのために勾配のパターンが変化したと考える余地もまたある。仮にそうなら何がその要因だろうか。

ここ百年に増えたもの、減ったものは沢山あろう。しかし、ほとんどは気温とは関連なさそうなものばかりである（例えば気温変化をトキ絶滅で説明するのは無理である）。ここ百年で増えたものに大気圏中の二酸化炭素濃度がある。両者の上昇は偶然の一致に過ぎないかもしれない。しかし、二酸化炭素は地上の温度を高く保つ温室効果をもち、その濃度が上がれば温室効果も高まることがわかっている。むろん、二酸化炭素濃度だけで気温が決まるわけではない。けれども上昇勾配の変化を二酸化炭素による温室効果増大という要因が加わったせいだ、と仮説するのは十分に可能である（ただし、この仮説は他の要因も潜む可能性を否定するものではない）。

なぜ濃度が上がったのか。これも理由は一つではなかろうが、近代以降、人類が化石燃料を燃して二酸化炭素を大量に排出するようになったのは事実で、それが二酸化炭素濃度上昇に大きな役割を果たしていまいかとの仮説はなりたつ。もしこの仮説が正しければ、目下の気温上昇は化石燃料使用という人為が（少なくとも一部は）関与しており、裏返せば人為で（少なくともある程度は）抑止できる理屈になる。抑止すべきかどうかは、自然科学というより、社会的な判断となろうけれども。

以上が私なりに理解している現在の地球温暖化仮説である。この仮説の科学的妥当性を厳密に吟味できる専門知識や能力は私にはない。でも、この仮説が真かどうかは（科学的好奇心だけからも）知りたい。

自然科学で仮説を実証するのは「実験」である。化石燃料による二酸化炭素の人為的な排出を一定量・一定期間、大きく抑制してみて、それと有意な相関をもって大気中の二酸化炭素濃度が下がるか（少なくとも上昇率が下がるか）、平均気温が下がるか（少なくとも上昇率が下がるか）を確かめればよい。地球は一個しかないので抑制しなかった場合との比較対照ができないのが弱点だが、これはしかたない。どのくらいの排出量をどれだけの期間抑制してみれば仮説の真否を明らかにできるかは純科学的な問題で、実行可能な実験デザインと実験プランを練り上げるのが科学者の仕事だろう。ただし、実験とはコストがかかるものである。まして地球規模の大実験ともなれば、それをどこがどう負担し合うかは国際的・政治的な課題となる。だが、方法と実行期間を明確にした「検証実験」ならば比較的合意も生まれやすいのではないか。

こうした実験によって仮説の妥当性とそれに基づく温暖化対策の有効性を確かめるのが先だと思う。妥当性・有効性が実証されれば異論や懐疑論は消え、思い切って真剣に取り組めるようになるだろう。逆に否定されれば膨大な徒労を避けられるだろう。いずれにせよ、地球温暖化仮説の実地検証という大きな科学成果を人類は手にできる。そのためのコストなら高くても決して無駄にはならない。その実験に必要というのなら、私は喜んでエアコンを止めよう。

排出規制はすでに進められており、その意味では「実験」が事実上始まったとも言えようか。いや、始まったのは仮説検証をめざす「実験」ではなく、実験ぬきに仮説を無条件の前提とした「政治」だと考えたほうがいい。温暖化防止問題・二酸化炭素規制問題は、建前はともあれ、現実にはエネルギー消費をめぐる利害・利権の駆け引きや、パワーポリティクスの色あいが濃いものとなっているかに見える。

埋蔵量の限られた化石燃料が尽きれば、温暖化しようとしまいと文明生活は維持できなくなる。こちらのほうはいつか確実に訪れる危機である。二酸化炭素の排出規制とは化石燃料の使用規制にほかならず、ことの本質は環境問題ではなくエネルギー問題にあろう。「二酸化炭素の排出を（すなわち化石燃料の消費を）減らすべし」というルールに基づくエネルギー確保と分配をめぐる国際ゲームが始まった。為政者の立場に立てば、このゲームをいかに自国の有利に運ぶか、こちらのほうが仮説の真否や温暖化防止の成否それ自体よりもずっと重要な問題だろう。洞爺湖サミットもそうしたものだったにちがいない。

果して、排出規制による地球温暖化防止なる本来の目的がどこまで一致団結で徹底されるだろうか。国家間のゲームでは二酸化炭素削減は「ルール」にはなっても「目的」とはなりえない。各国が一致協力して地球環境を危機から救うという美しいドラマが展開するかどうか……。結局、現在の取り組みは地球温暖化仮説が正しいかどうか実証できるところにまでたどりつけない気がする。

一方、万が一、異論や懐疑論の主張どおり仮説が正しくなかったなら、曲がりなりにもなされている現在の取り組みは当然ながら空振りに終わる。しかし、それでも、間違っていた、失敗だったという結論はおそらく出てこないと思う。地球温暖化仮説も棄却されない。多大なキャンペーンとコストを費やした大がかりな方策が、「不備な仮説を十分な検証なく受け容れたための間違いでした」では済まないからである。その場合は、例えば「大量破壊兵器の脅威」という仮説によって多数の国々が共同参加した戦さのその後のなりゆきに似た道をたどってゆくことになるだろう。

地球温暖化問題を考えてみたのは夏の暑さでそちらへ連想が向いたためだけれども、畢竟、以上はエアコンの効いた室内での素人考えにすぎない。ただ、これを考えるのは、私がもう少しよく知っている領域ではどうだろうかと省みるからである。

例えば、少子化が進んでいる。このままではわが国の将来が危うい。なんとか少子化をくい止めねば、とさまざまなキャンペーンや取り組み政策が行われている。「児童虐待」が増えている、親子のきずなや家庭の子育て力が落ちてきているからだ。なんとか虐待防止や子育て支援をと、やはり、キャンペーンや政策が色々となされている。地球温暖化問題とは規模がちがうけれども、問題の立て方は同じと思う。非行問題や教育問題をめぐっても同様のことがみられる。地球の明日がどうなるかも重要にちがいないけれども、子どもたちの明日も私たちにとってずっと身近な重要問題であろう。

ただ、すでに長い取り組みにもかかわらず、少子化の進行は止まらぬままである。「児童虐待」の通告件数も統計数字にみるかぎり増加の一方である。素直にとらえればキャンペーンも政策もうまくいっていない、はっきり言えば失敗していることにならないだろうか。間違いだった、失敗だったと結論づけられることはまずないにしても。どこで躓いているのだろうか。

少子化なら少子化についてなぜ起きているかの仮説が立てられ、その仮説を土台にキャンペーンや政策がなされているにちがいない。温暖化問題と同じである。そうであれば、失敗の理由は、土台とした仮説が正しくないか、仮説は正しくても取り組み方が誤っているか、その両方かであろう。第一の問題は、政策の決定と遂行にあたって仮説の妥当性がどれだけ深く検討されたかである。思いつき程度の仮説や理念先行の仮説、一部にあてはまっても全体にはあてはまらない仮説が、あれもこれもと検証ぬきに採用されてこなかっただろうか。第二の問題として、仮に正しい仮説による施策が選ばれたとしても、その施策が実効性を発揮するに必要十分なだけのコストが投入されていないため、投入したコストも無駄に終わっているという誤りは潜んでいないだろうか。

もちろん、これらの問題には固有の難しさが潜む。地球温暖化仮説は、地球という巨大かつ複雑なものが相手なのでたやすくないとはいえ、あくまでも物質相手だから真否の自然科学的な確定は原理的には可能である。その意味ではシンプルといえる。しかし、少子化問題は子どもをつくるかつくらないかという人間の意志の問題で、それを規定するのはまわりの社会的・文化的状況への各人の受けとめ方から人生観・価値観を含んだ判断や生活気分までが微妙に絡み合った個々人のこころである。地球は一つだが人間はとにかく数が多い。一個の人間は地球に較べてはるかに微小だけれど、その一人ひとりのこころの動きは地球の気候メカニズムと同じくらい（ひょっとしたらもっと）複雑なものである。無数の人間の複雑なこころ模様の重なり合いが、社会全体として少子化をおし進めていると考えられる。

このような性質の社会現象はいずれも、思いつき程度のものも含めて「仮説」だけならいくらでも出せる代わりにその真否の検証となればとても難しい。だからこそ緻密な吟味が欠かせぬはずだけれども、検証の難しさをよいことに（?）妥当性の吟味ぬきにその時々の政治や行政やメディア世論の力学や都合によってテキトーな仮説が選ばれたり作られているふしがなかろうか。しかも十分に吟味されていない仮説の適用は、結局、取り組み方も浅くする。そんなわけで多くの政策は実を結ばないのだろう。いや、何もしないよりましで、そうしなかったら事態はもっと悪化しているという弁明もありうるけれど、ほんとうにそうかは検証しようがない。

地球の明日も子どもたちの明日もわからないことだらけである。わからないから興味深いので、わかっていたら詰まらないともいえるが。しかし、私たちは春の次には夏が来て夏の次には秋がくるというように、時の流れに法則性を見出すところから始めて、未来を予想し、その上に現在を生きるあり方を身につけている。これはまだ来ぬ未来を白紙とはとらえず、もうある程度は書き込まれてあるものととらえることを意味する。夏の中に秋がいるように、現在の中に未来はすでにある。

現代社会の特徴は、現在の中の未来が、地球温暖化や少子化をはじめ、「このままでは危うい」という不安や脅威に染め上げられている点である。古来、予言とは不吉で警告的なものであってこそ予言であるにしても。能天気な楽観論がよいとは思わないけれど、検証も不十分なまま危機感が煽られるのはそれ自体がなにより危うい。困難や問題は山積みにちがいなくても、シェリーの詩、「冬きたりなば春遠からじ」の未来への信も大切だろう。これは自分たちの日々の地道な営みへの信を、四季の営みへの信に託した詩だと思う。

運動会の移ろい

「岩波の子どもの本」という絵本のシリーズが私の子ども時代にあって（今もある）、その一冊に『やまのこどもたち』があった。後になって石井桃子の文と知ったが、もちろん、当時は作者の名など気にとめなかった。同じシリーズにバージニア・リー・バートンの『ちいさいおうち』があって、これも繰り返し繰り返し読んだ。いずれも四季の移り変わり、さらに『ちいさいおうち』では時の移り変わりも描かれており、頁を開いて飽くことがなかった。

『やまのこどもたち』は、なにか格別のストーリーがあるわけではなく、山村の子どもたちの四季折々の生活の一こまずつが描かれたものだった。私は都会育ちだったけれども、母親の実家が山

村であったせいか、その風景は近しかった。「あきが　きた」の章は、学校の運動会――。

きょうは　うんどうかい。　あさ　はやくから　がっこうの　せいとたちが　むしろを　もって　がっこうに　でかけました。　そのあとから　うちの　ひとたちが　じゅうばこを　さげて　ついていきました。

うんどうじょうは　にぎやかです。　おいちに、おいちに！　一ねんせいが　まんなかに　でてきました。まわりの　むしろには、おきゃくさんが　ぎっしり　いっぱいです。　また　そのうしろには　おみせがいっぱい　でています。

「すずわりきょうそう　きれいだな」

あ、はとが　とびだしました。

たけちゃんは　むちゅうで　ごちそうを　たべながら、むちゅうで　ゆうぎを　けんぶつしました。

田舎と限らず都会でも、昔の運動会はこうした村ぐるみ町ぐるみのお祭りであった。秋晴れの空に翻る万国旗、くす玉が割れ色とりどりのテープや紙吹雪とともに舞い出る鳩。めいめい家族と一緒にゴザに座って弁当やお菓子をひろげ、綿菓子などの屋台が並んだ運動会の記憶が私にも残っている。屋台が出たのは私が小学校低学年の頃までで、いつしか無くなっていたけれど。パン食い競走、スプーン競走、だるまリレーなど遊び的な種目も多く、父兄や来賓の余興的な競技も恒例だった。

母から子どもの頃の運動会の思い出を聞かされた覚えがある。親たちと限らず、村長をはじめ村人のほとんどが集まってくる。戦前でPTA組織はなかった代わり、学校は父兄と限らず村全体のものという雰囲気があったのだろう。運動会の席には重箱はもちろんのことお酒も持参された。

村には○さん（土地の呼称で「お○ちゃ」）という、今ならなんらかの発達障害の診断名が与えられそうな女の人がいた。いつも年齢不相応の若作りの派手な着物姿で、突拍子ない振る舞いも目立ったけれども気のよい人で、村人は彼女をそういう人として、排除も忌避もせず、むしろある種の親しみや気のおけなさをもってつきあっていた。ほとんどが顔見知りの村の中でもとりわけお○ちゃといえば、子どもたちも含めだれもが知る人だった。

運動会には「借り物競走」という定番的な種目があった。用意ドンで走ってコースの途中に置かれたカードを取り、そのカードに指示されたものを調達して早くゴールインした者が勝ちというゲームだった。カードに「時計」とあれば、大急ぎで見物席に駆けて手近な人から時計を借りてゴールに向かう寸法である。指示は物品と限らず、「村長さん」なんてものもあった。校長先生と一献傾けている村長さんのところに駆けつけてゴールまで一緒に走ってもらうことになる。

その借り物競走で、カードの一枚に「お○ちゃ」とあった。運動会にはお○ちゃも見物にきていて、そのカードを取った男の子は彼女を探しだすと手をつないでゴールへと走った。やんやの声援。ところが着物に下駄のお○ちゃは、足がうまくさばけないうえ男の子のほうはゴールを急いで夢中になって手を引くため、ゴール前で転んでしまった。幼かった母は気の毒がるより先に目をまるくしてその光景をみつめた。お○ちゃは大のおとななのに、そこに座り込んだままオイオイと泣き出してしまったからである。そんなエピソードを母は語ってくれた。

一九八〇年代半ば、児童福祉施設に勤めるようになり、施設の子どもたちが学ぶ小学校の運動会に出かけた。競走やマスゲームがメインで、定番の玉入れはあったものの遊び的な種目はすっかり影を潜め、来賓競技もなくなっていた。紅白で競う昔ながらのスタイルは一応残っていたけれどもスクウェアな「体育行事」の色合いが濃く、母の思い出話はもとより私自身の記憶と引き較べても、昔の祝祭性は消えていた。子どもたちと参観者（家族）は席も別で、一緒に座るゴザも重箱もお菓子もない。お昼になると子どもたちはふだんの給食どおり教室で食事をとった。父母たちも「運動会」に参加して楽しむためというより、もっぱら「わが子」を観るためにきている様子だった。持参のカメラでひたすらわが子を撮っている。

運動会も移り変わったのである。私の子どもの頃とは変わりましたね、と感想を述べるとベテランの教員が「いまの運動会は学校教育の一環で、体育授業の成果を公開する行事なのです」と教えてくれた。学校とは教育を目的とする場なのだから、これは当然にはちがいない。しかし、この移ろいに現代の学校のおかれた困難さの一端をみてとれると感じた。ちょうど不登校が社会問題化して、これをどうとらえるかで議論百出の時代だったけれども、問題のポイントが見えたように思ったのである。

子どもが家から学校へいくのは登校、学校から家へ戻るのは下校と呼ばれてきた。いまもこの言葉は使われている。学校とは日常の生活の場よりも高い位置に置かれてきたということであろう。なぜだろうか。

近代教育史を繙《ひもと》けば、それまでの貧しい後進国から豊かな近代国家をめざして一刻も早く西欧先進諸国に追いつかねばという切迫した要請のもとにわが国の学校制度が立ち上げられたことがわかる。明治五（一八七二）年に公布された学制の序文から、その切迫した息づかいが伝わってくる。以下の旨がうたわれていた。

これまでの学問は一部の階級の専有物とされ、支配の道具であったり高尚めいた空理空論であった。それでは文明は普及せず、社会も人も貧困に甘んじることになる。これからの学問は、個々人がそれによって身を立て、生活を豊かにし、よき人生をまっとうするためのものである。だから、身分職業男女の区別なく、万人が学ばねばならない。そのために学校制度を敷くのだ、云々。

「必ず邑に不学の戸なく家に不学の人なからしめん事を期す」の一節が有名だが、近代的な理念に立った非常に開明的な内容で、これによってわが国の学校制度は社会に深く浸透していったと考えられる。わが国の就学率は制度の開始とともに速かに上昇し、わずか三十年間で九〇％を超えている。

　この時代、社会全体も人々の暮らしもきわめて貧しかった。国にとって学校は豊かで強い近代国家（富国強兵）をうち立てるための重要不可欠なシステムであり、また一般の人々にとって学校は新しい知識や技能を身につけ、貧しい現状から生活的・文化的にステップアップできるためのかけがえのない門戸とみなされた。

　江戸時代には寺社がその土地土地の知の中核だったけれども、それが学校へと移った。学校はより高い世界へと人々を導く貴重な場、すなわち此岸から彼岸へと上昇する聖なる場という象徴性を人々から与えられていったのである。学校とは高い尊い場所とみなされ、それゆえに「登校」となった。教員に久しく与えられていた「聖職者」のイメージもここに生まれたにちがいない。ある時代まで、宿直といって夜も教員は替わり番で学校に泊まっていた。私が子どもの頃もそうだった。学校はそれほど大事に護られるべきところとされたわけで、また、教員が常時いることによって土地との密着性も深まった。

　こうした背景があって、寺社の祭礼が土地ぐるみのお祭りなのと同様、運動会はその土地のハレの催しとして祝祭性をもつに至ったのだろう。また、それを通してわが国の学校は地域に親和的に根を下ろしたにちがいない。『やまのこどもたち』に描かれたのは、まさにそんな運動会風景だった。そして、この祝祭的な風景の消失は、学校に付与されてきた聖性、尊い場所でその土地の大事な中核だという生活感覚、さらには学校への親和の意識の社会からの消退を意味している。

不登校は七〇年代後半から増加しはじめ、八〇年代には急増に向かった。それが社会問題としてクローズアップされるなかで、この現象を家庭状況や子育ての問題性に帰する家庭原因説と、学校状況や教育体制の問題性に帰する学校原因説とに分かれて対立した。さらに同じ家庭原因説でも、かたや過保護や親子密着化、こなた親子関係の希薄化を、学校原因説でも、かたや管理教育、こなた戦後民主教育を原因として強調するなど、論者によって見解が正反対となった。いったいどれがほんとうだろうか。

これらの諸説を吟味してみると、不登校現象を実際に調べたうえでの研究結果に違いが生じたために説が分かれたのではなく、子育てはどうあるべきか、教育はどうあるべきかの理念の違いのために説が分かれたことがわかる。どの説も、子育てないし教育が正しく行われるなら不登校は起きないというアプリオリな前提に立ち、だから何か正しくないことが起きていると見る点では同じだった。ただ、何を「正しくないこと」と見るかが、論者の理念的立場によって分かれたのである。けれども、この前提そのものが正しいのだろうか。

いつの世でも勉強が楽しくてならない子どもは少数だし、学校とは窮屈な場所である。それでも子どもたちが休まないほうが、むしろ不思議ではあるまいか。大多数の子どもたちがたゆまず登校を続けられたのは、学校を尊い大事な場、聖なる場とする感覚が社会に生きていたためである。その感覚が人々の間に生きている間は、よくよくの事情でないかぎり、子どもは学校を休みはしなかった。好き嫌い、得手不得手とは別に「勉強とは大事なもの」とはどの子にも理屈ぬきに自明であった。心理学的な言い方をすれば、その社会のもつ規範や価値観が個人の内面に深く根づいておのずと行動を規定するものを「超自我」と呼ぶけれど、そのような超自我が働いて子どもたちをおのずと学校へ向かわせたと言うことができる。

しかし、運動会の移ろいに見られるごとく、そうした学校の聖性が急速に失われてきたのである。学校は大事でおいそれと休むべき場ではないという感覚は薄れ、そのため、些細なストレスや小さな躓きからでも子どもはたやすく休むようになってきた。これが不登校急増の本質だったと考えられる。

不登校だけでなく、登校はしても静かに黒板に向かえない児童生徒も増えた。授業を大切な時間と感じる意識が薄れたためだろう。「勉強とは大事なもの」という観念が共有されている場合は、個々の子どもにとって勉強の判る判らないや得手不得手はかえって問題とはならない。「大事な勉強」の場に自分も参加していること自体に意義がもてたからである。しかし、その観念が消えれば、判らなかったり興味のなかったりする授業はただただ苦痛としか体験できず、黒板になど向かっておれなくなる。

なぜどうして学校を尊い大事な場とする感覚が失われたかは、学制の序文に戻ってみればよくわかる。そこに目指されていた近代的な文明社会と豊かな生活とがすっかり実現してしまったからである。生活の向上を学校（勉強）に求める意識は一般性をなくした。さらにほぼ全員が高校進学し、その半数が大学に進む社会になれば、学校への仰ぎ見るような思いも消える。高等教育がありふれたものとなった高学歴社会では学歴の価値や、それに向かって努力する勉学の価値は大きく下がるのである。私生活が豊かになれば隣保的な相互扶助、地縁による支え合いの必要性も減り、地域的な共同性はむしろ煩わしいものとして斥けられてゆき、学校がその共同性の核とされることもなくなってしまった。

こうして、わが国が高度経済成長を成し遂げ更に高度消費社会へと向かう七〇年代後半から学校の聖性は大きく喪われていったのである。それを私は運動会の風景で目の当たりにしたことになる。

学校の聖性はそのために崩れたにせよ、社会全体や人々の生活が豊かになったのはよいことにちがいない。学制の序文にあったとおり、豊かな社会と生活の達成こそが学校制度の目標だったのだから。運動会の様変わりは淋しいなあ、と一抹の郷愁は禁じえないけれども、そっくり昔に帰ればよいわけでないのは当然である。

『やまのこどもたち』の晴れやかな運動会は、山村の貧しく厳しい暮らしと表裏一体のものだったかもしれない。運動会の次に「ふゆが　きた」の章──。

「さよなら、さよなら。」

こんどは　いつ　あえるでしょう。そとには　つめたい　かぜが　ふいていて、こどもは　ひとりで　あそびに　いけません。

「さよなら、さよなら。」

また、ゆきが　ふりはじめました。


この絵本の初版は一九五六年、高度成長が始まるまだ前である。

この少し前、五一年に中学生文集の『山びこ学校』（無着成恭編）が刊行され、一躍ベストセラーとなっている。山形の雪深い山村の中学生たちの文集で、貧しい暮らしのなかで力を合わせあい、その貧しさゆえに「しんけんに勉強すること」に思いを寄せる子どもたちの姿が国民的な共感を呼んだ。わが国全体が敗戦後の貧しさにあえぎ、そこからの脱出と進歩の夢が学校に託されていた時代であった。『やまのこどもたち』もほぼ同時代の作品である。

実を言えば、これらの作品が生まれた一九五〇年代には、不登校の増加が問題とされる現在よりもずっと多くの子どもたちが学校を休んでいた。重い病気とか生活の困窮とか「よくよくの事情」を強いられた子どもがたくさんたくさんいたからである。過去の現実を忘れて、いたずらに懐旧的になるわけにはいかない。

六〇年代を経て社会が豊かになるにつれて疾病や貧窮による欠席は急減し、大多数の子どもたちが学校へ通えるようになった。ところがそうなってみたら、そのような登校を阻まざるをえない大きな事情がないにもかかわらず休む子どもたちが現れてきて、それが「不登校」と呼ばれるようになったのである。うーん、どちらの時代がよいのだろうか。

懐旧や郷愁からでなく、運動会の移ろいに象徴される変化がもたらした大きな問題を取り出せば、学校が社会からの尊重や支えのないまま子どもを引き受けねばならなくなったことが挙げられよう。豊かな消費社会になって学校を尊い大事な場とする感性をなくしたのは、子どもたちより先に私たちおとなで、その鏡として子どもたちのこころからもそれが消えていったのである。この意味で、不登校の激増や学級崩壊は、だれのせいでもない、社会全体の、つまり私たち一人ひとりの学校への意識変化が招き寄せたのだと知らねばならない。

変化のさまは胸に手をあててみればわかると思う。社会的な事象を挙げれば、たとえば八〇年代から九〇年代、いじめ自殺事件、体罰事件、校門圧死事件などを材料に社会はいかに学校や教員のバッシングに熱中してきたことであろう。文科省も聖性を付与されなくなった学校の困難を支える代わりに、学校や教員はぬるま湯に安住しているという根拠のない通念から、市場社会的な競争原理を学校に導入して尻を叩けば教育は改革されるはずといった施策に走っている。これは子どもたちを「競争の道具」となさしめている策だとは気づかないのだろうか。

私たちは、わが子は大事なのに、わが子が日々過ごす学校を大事とする思いは忘れている。現在の学校は親や教育行政からさまざまな注文や要求は向けられるけれども、協力や支援は与えられないという状況に置かれ、しかも注文や要求を向ける側はそれに無自覚である。近年取り沙汰される「モンスターペアレント」は、そうした私たちの延長にある姿ではなかろうか。この社会状況は子どもたちのために深く危惧すべきものと思う。

小さなジョディ

小学生の頃、通学路脇に雛の鑑別師の養成所があった。いまもあるのではないかと思う。生まれたばかりのヒヨコの雌雄を識別するのはわが国で開発された高度な技能で、そのプロを訓練をするところだった。前を通ると無数のヒヨコの囀りがさざめきあふれ、まるで林の蟬しぐれのようだった。窓の黒カーテンの隙間から覗けば、暗い室内に居並ぶ訓練生の手元を照らす白熱電灯の強い光の下、雛を選り分ける手先の素早い動きが眺められた。指先でお尻を軽く開いては微妙な違いを見分けるらしく、そうやって一瞥しては雌雄の籠に次々放り込んでゆく。スピード勝負の作業のようだった。ときおり小型トラックがやってきて鑑別を終えた雛を運び出していった。道路沿いにヒヨコが詰

め込まれた木箱が重ね置かれて、その箱をトラックに積み込んでゆくのだが、そんなふうにぞんざいに運び出されるのはみんな雄雛だった。箱からこぼれ落ちたヒヨコたちがぴよぴよと道にあふれても、運搬人はそれを拾い集める手間はとらず、トラックはそのまま行ってしまう。そのヒヨコたちが通学帰りの小学生のあとを追っかけてくるのだった。

追ってくるヒヨコを拾い上げてよく家に連れ帰った。弱っている雛が多くて初めのうちはじき死んでしまったけれども、少しずつ上手になった。下校すると真っ先にボール箱のヒヨコを覗きこみ、糞で汚れた新聞紙を換えたり、パンくずや水をやったり、野良猫に用心しながら庭に出して地面をついばませたり、そんな世話の日々が続くようになった。掌に乗せてスーッと手を下げると、飛び立たんとするように小さな翼を羽ばたかせる。膝の上を歩かせるとその踏みしめに独特の感触があった。

しかし、そのうち冬がきた。エアコンもストーブもなかった頃で、家の建てつけも悪く、ヒヨコは冬の寒さを凌げなかった。これを書いているちょうど今頃の時分だったろう。寒気の募る夜更け、衰弱したヒヨコを両手で抱き包んで息を吐きかけ続けた。そうしていても鳴き声がか細くなり、間遠になってゆく。ヒヨコの名を呼びながら、撫でた、さすった。でも、薄白い瞼が下からすっとあがると閉じた幕のように開かなくなり、脚が木枝のように突っ張り、柔らかで暖かかったものが掌中でみるみる冷えてこわばっていった。なんであんなにぼろぼろ泣いたのだろう。まるでこの世の終わり、すべての終わりみたいに小学生の私は泣いた。

あの身を揉む切なさと辛さはなんだったのかと、こうして書いていても思う。うまく言葉にならない。言葉にはならないけれど、近年よく耳にする「ペットロス」とは別のものだという感覚がある。喪失感《ロス》とはちょっと違う。

その後もまたヒヨコを拾って育てたり（電球を使った保温器を自作して冬が越せるようになった）、犬や猫を飼ったりしている。その死にも出会ってきたけれども、悲しみは覚えても、あんなふうに泣くことはもうなくなった。こころが「強く」なったのだろうか。

ローリングスの児童文学作品、『子鹿物語 The Yearling』はグレゴリー・ペックが父親役をした映画で広く知られているかもしれない。手元に本がないため曖昧なところがあるけれども、およそ次のような物語だった。

フロリダの森林地帯に入植した貧しい開拓民の一家で、両親と主人公の少年の三人家族。主人公は森に離れて住んでいるためか、内気なたちだったか、友だちもおらず小川に水車を作ってひとり遊んでいる孤独な少年だった。名前はジョディだったか。

ある日、森に入った父親は雌鹿を殺すが、生後まもない仔鹿が遺されていた。ジョディは仔鹿を連れ帰る。尻尾の先が白くて旗みたいなところから「フラッグ」と名づけられた仔鹿とジョディとの幸福な日々が始まる。厳しい開墾生活のなかで熊退治の冒険や楽しいクリスマスの挿話が少年とフラッグとの交流をまじえて綴られていた。

ところがフラッグの成長とともに、ジョディの幸せな日々に不吉な影が最初は小さなしみのように落ち、それが次第にひろがりはじめる。このあたりは読みながらドキドキした覚えがある。貯蔵してあった収穫物をフラッグが踏み荒らす出来事にはじまって、春になり畑の苗を食べてしまう事件が起きる。ジョディは畑に柵をつくるが、一歳に成長したフラッグは高い柵を苦もなく跳び越えて作物を食べてしまった。

作物の被害は一家の死活問題で、父親は息子にフラッグを射殺するよう命じる。しかし、ジョディはどうしても手を下せない。その間にも被害はひろがり、ついに母親が銃をとるが撃ち損じて重傷を負わせただけ。とどめを刺してやるのが愛情だと父親に諭されてジョディはとうとうフラッグを撃ち殺すが、激しい悲しみと怒り、深い絶望と不信から、そのまま家を棄て、どこか海の彼方へいこうと心に決めてひとり川を下ってゆく。

しかし、ジョディは小舟のなかで空腹と疲労から昏倒しているところを通りかかった船の船長に助けられ、家へと送り返される。悲嘆にくれていた両親の元に戻ったジョディは、一皮剝けて大人びた少年に成長していた。

ヒヨコや『子鹿物語』を思い出したのは、途方もない連想と思われるかもしれないが、元厚生事務次官夫妻を刺殺し別の元事務次官夫人を刺傷して自首した中年の犯人が、小学生の頃に愛犬を保健所に殺された恨みだとその動機を語ったことからである。この殺人はいかにも理不尽だし、報道だけからは全体像もつかめない。ただ、「そんなバカな動機があろうか、こじつけの屁理屈だ」の反応が少なくなかったけれども、まだわからぬことだらけのこの事件で、犯人の語る動機だけはピンとくるところがあった。想像まじりの推量とお断りした上で少し考えてみたい。

メディアではモンスタージみた風貌やクレイマー的なエピソードが報じられている。でも、生まれたときからそうだったわけでなく、むしろ『子鹿物語』の主人公に似た内気で孤独な少年だったのではあるまいか。その少年が、ある日、犬を拾ってきて育てはじめた。彼の「フラッグ」だったにちがいない。犬と過ごす幸せな日々が続いていたある日、学校から帰るといつも待ち構えたように飛びついてくる犬がいない。少年はどんなにか捜し回り、犬の名を呼んだことであろう。

よく吠えて近所迷惑だからと父親が保健所にやったとか、犬が紐を外して逃げて野犬狩りにあったとか、メディアが伝えるいきさつは不分明だけれども、いずれにせよ、保健所で処分された（殺された）と少年は知る。世界の終わりみたいに少年が泣いただろうことを私は疑わない。「彼が当時そんな話をしたことはなかった」という同級生の回想から、大した体験だったはずがない、後づけに過ぎまいとする報道もあったけれども、子どもはこういう体験を大きければ大きいほど言葉にしない（あるいは、できない）。密かにこころにしまう。私もヒヨコの体験を友だちにもだれにも語らなかった。

ヒヨコは自然死だったので、私の体験に怒りや憎しみは混ざらなかった。けれども、ジョディやこの少年はそうはいかなかっただろう。私の場合も、もし糞の汚れを厭った親がヒヨコを黙って処分してしまったとしたら、はたしてどうだったか。別のヒヨコの話だが、庭で遊ばせていたら猫が風のようにくわえ去ったことがある。その後しばらく、小石を手に屋根に潜んでは庭を見張った。猫がもう来なかったせいか、もともと貫徹心に乏しいせいか、結局、復讐は果たせず終わったけれども、子どもの私は仕返しを強く念じた。

彼がいまや殺人犯である事実を離れてみれば、そのとき体験したであろう悲しみと怒りは切実にわかる。愛犬は彼の手の届かぬところで（子どもからすれば）理不尽にも大人たちに殺された。こうした大人の決定、大人の世界に対して、子どもは徹底して無力である。彼の悲しみと怒りの底には深い無力感があったにちがいない。無力感を噛みしめながら「いつかきっと仕返しする（仕返しできる力をもつ）」という空想や自己慰藉《いしゃ》によって、その無力感と悲しみや怒りに耐えるしかないときが子どもにはある。彼もまさしくそうだったにちがいない。殺人犯に共感するとは！　と言うなかれ。このとき彼はまだ殺人者でもなんでもない。

もちろん、空想や慰藉とその現実化や実行との間には、ふつう、千里、万里の径庭がある。この事件の特異さは、巡り合わせの不幸が重なりに重なったかして、時を経たらなんとその径庭の先にたどり着いてしまったところにあるかもしれない。

『子鹿物語』の原題の Yearling とは生後一年を超えた動物を指す言葉で、もうがんぜない子どもではない齢の含意をもつ。春に始まり春に終わる子鹿と少年ジョディの一年間を描いた物語で、この一年間でフラッグは野生の力を伸ばして、柵を跳び越えて苗を食べるわざを発揮するようになる。鹿として当然そうあるべき成長である。しかし、その成長が悲劇を生むことになった。なぜ、父親は少年にわが手でフラッグを殺せと命じたのだろう。作品手法としてみれば、だからドラマが生じたわけだけれども、一抹の疑問が尾を引いた。過酷な開拓生活を生きぬくべきわが子への教育だったろうか。このあたりの綾がどう描き込まれていたかは思いだせない。

いまひとつの疑問として、もうすこし共存的な道はありえなかっただろうか。ジョディは懸命に畑を囲う柵を作ったけれども、フラッグを囲う鹿小屋みたいなものは作れなかったのか。ハーネスを工夫して繋いではおけなかったのか。読後、そんな感想も残った。もはや一家にはそんな工夫を考える余裕も行う余力もなかったかもしれない。

あるいはキリスト教文化圏では、動物の自然性（野性）はネガティブなもの、対決され克服さるべき悪と強く感受されやすいのかもしれない。ましてや自然と闘う開拓地での話である。物語の時間と空間に遡るかぎり、共存的な道という発想や論理は生まれようがなかったかもしれない。しなやかに高い柵を越えて無心に（平然と）苗を食べ尽くす鹿は、ほとんど悪魔のような災いで、射殺しかありえないというように。光と影をもつフロンティア時代のアメリカが舞台だった。

フラッグが成長したようにジョディもまた、家出をいわば通過儀礼として、Yearlingへと成長している。世界の終わりみたいに泣き、無力感の底で「仕返し」を念じる体験は、すべての子どもたちがもちうるものだろう。けれども、いつしかそんなふうには泣かなくなる。「仕返し」の念も、その後こころを訪れるさまざまな念にしだいに席をゆずって、こころの片隅のものとなっておさまってゆく。成長とはそういうことで、家出から還ってきたジョディにそれが起きていた。物語では家出の数日間での転回として描かれたこの成長は、一般にはもっとゆっくりな、しかし曲折に富んだ歩みを通してなされてゆくものにちがいない。

犬の仕返しで人を殺そうとは極端に過ぎるとみるのは、大人の見方で、もちろん良識としてそれが正しい。けれども、空想や自己慰藉のなかで子どもがそう考えるのは極端ではない。子どもの空想の世界が、戦いや殺しや死でいっぱいなことは童話やアニメの世界をみればすぐわかる。ただ、ほとんどは空想や慰藉のうちにとどまって、現実の姿をとって現れないだけである。

昨秋、児童文学者の清水眞砂子さんから『青春の終わった日』（洋泉社、二〇〇八年）という自伝を戴いた。そこにS兄という兄のエピソードが描かれている。動物好きのS兄はウサギやヤギを飼い、その兄に連れられてウサギのえさを摘みにいった思い出の語られたあとのくだりである。

この動物好きのS兄のことでは、つらい思い出がひとつある。S兄が毎日散歩に連れ出すなどしていてかわいがっていたヤギを、母はある時、S兄が学校に行っている間に、S兄に一言の相談も断りもなく、売りとばしてしまったのだ。余程現金が必要だったのかもしれないが、母には子どもの私たちから見ると、平気でこちらの気持ちを踏みにじるようなことをするときが、ままあった。学校から帰ってきて、ヤギが売られたことを知った兄はもうれつに怒り、ついに空気銃を持ち出してきて、母を撃とうとした。母はそれでも謝ろうとしない。私にはもう、この兄を止められないことがわかった。夕日が裏山の木々の間から射していた。母は家の裏の井戸端にいて、私はその井戸端に向かって開く北向きの縁側にいた。S兄は空気銃を持って裏口から出てくると、井戸端の母に銃口を向けた。私はまったく無力だった。泣くしかなかった。「やめてよう、やめてよう」と私は叫んで、泣きだした。ワァワァ泣いた。世界がこわれる！　その時「世界」という言葉はまだ私の中になかったけれど、あのとき私が覚えた恐怖は、今にして思えば、まさにこれだった。

それから……。S兄は撃たずに井戸端を去った。そして、母は何事もなかったように仕事を続けた。病気でヤギを死なせても、きっとまたどこかから子ヤギをもらってきて飼い続けたS兄は、この時からふっつりとヤギを飼うことをやめた。

このときS兄は中学一年生、「私」は小学校一年生だったとある。

可愛がっていたヤギを売り飛ばされたからと銃口を向けるのは、やはり、極端とみられるだろうか。全体を読めば、S兄は衝動的な子どもでは少しもなく、その逆で穏やかで思慮深い少年だったことがわかる。子どもの体験世界にあって、世話をしている動物との間には、「ペット」の語が含意する「愛玩」とはちがう、特別の思いがしばしば流れている。S兄とヤギもそうだったにちがいない。

空想や自己慰藉のなかで「仕返し」を誓うのでなく、現実に空気銃を母親に向けた（向けることができた）のは、中学生になっていたからだろう。まったく無力な子どもではもうない。銃口にこめられたのは仕返しの殺意ではなく、悲しみに加えて、純粋な、それだけに激しいまっすぐな怒りだったと思う。

とはいえ、きわめて危機的《クリティカル》なときだったことに間違いない。このとき、引き金が引かれるか引かれないかは、ほんの紙一重のところがある。「私」が泣き叫んだように「世界」がこわれてしまうか否か、ほんの偶然なような何ごとかが決定的な岐路となる瞬間がある。裏返せば、S兄にとってヤギの出来事はそれを賭さねばならぬほど重大なことだったともいえる。

『子鹿物語』のジョディではどうか。鹿をわが手で殺すのは過酷な体験である。物語はハッピーエンドだけれども、もし船長に救われていなかったら話はどうなったろうか。そこには、やはり、ほんの偶然のような岐路がある。岐路次第では、絶望と不信を抱えたままの放浪が続き、いつしか第二のビリー・ザ・キッドになっていた可能性だってありえたかもしれない。

先に子どもの「成長」の歩みについて述べたが、これは樹がおのずと空に伸びてゆくみたいな歩みではなかろう。幾つも幾つもの有形無形の岐路に出会いながらの歩みで、その意味では、子どもの成長の道とはたえず危機的《クリティカル》なものである。愛犬を殺された少年も多くの岐路をたどって大人へと歩んだだろうけれども、その岐路、岐路がなぜか、とんでもない事件へたどり着かせる方向へと分岐してきてしまった気がする。たぶん、大人になってからの歩みでも。滅多にないことだが、時にそういうことも起きる。彼の殺人はとうてい肯定できない。しかし、彼のなかに今もいるはずの小さなジョディの姿だけは見ておきたいと思う。

N君のこと

私が生まれ育った名古屋の近郊に国府宮《こうのみや》という町がある。地名からわかるように、古い大きなお宮があって、そこでは例年二月（旧暦の一月十三日）に「はだか祭」と呼ばれる祭礼がとり行われる。大きな神事で、この時期の地方ニュースでは必ずというほど、報じられるものだった。

高校三年生だった年の二月、そのはだか祭を見に行った。私はお祭りとかイベントにはおよそ関心が乏しいたちだった。いまもさほど変わりはないかもしれない。お祭りさわぎが大好きで、という美空ひばりの唄とは対極の性格なのだろう。

東京オリンピックが高校二年生のときだった。国中が沸き立って、わが高校からも陸上部員で成

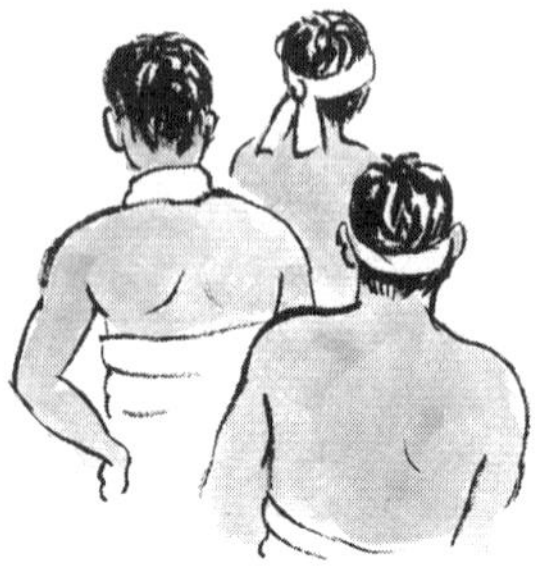

績優秀だった生徒が聖火リレーのランナーに選ばれ、授業が休みになって学校をあげて沿道に声援にでかけた。行く行かないは自由だったので、教室に残っている者も何人かいたと思う。私はその一人だった。

みなが楽しみ囃すものに背を向ける悲しい性癖があって――と太宰治がどこかで書いていた。そんなところが当時の私にもあった。聖火リレーなんてナチスがベルリンオリンピックの劇場効果を狙って発案したものだと、だから行かなかったわけでもなかったけれども、そんなことを考えていた。競技の中継も観なかった。わが家にたまたまテレビがなかったせいもあったろうが、まあ、偏屈な少年だったのだと省みる。

その私がはだか祭の見物に行ったのは、同級生に誘われたためだった。彼の名をN君としよう。N君の家は国府宮近くの町で、その祭りはよく知っているふうだった。私もそれが有名な祭りで、大勢の見物人でいっぱいになるのは知っていた。あのとき誘われなければ、私は国府宮のはだか祭を観ないままに終わったにちがいない。これを書いているいまが二月で、この時期になると思い出す。

「はだか祭」と呼ばれる祭礼は各地にある。国府宮神社のはだか祭は、年に一度の厄払いの神事だった。一年間の厄を背負って追い払われる役の「神男」が拝殿で所定の儀式をとり行う神事だが、その神男が拝殿に向かう道すがらに何百、何千という裸の男が殺到して、神男の身体に触ろうとする。触れば、神男に自分の厄を移して落としてもらえるからだ。男たちは白いふんどしに足袋はだしで、参道は裸の大群の騒然とした押し合いへし合いとなり、そこへ手桶の水がバッ、バッと掛けられては白い湯気が上がる。二月の寒気のなかの催しである。

裸男たちの渦を取り囲んで、おそらく万単位の数の見物人が群がり、ここももみくちゃ状態だった。勝手知ったるN君は見やすいスポットに案内してくれたが、わっと始まってしまえばたちまちどこにいても同じようなものとなった。はぐれないようにするのと祭りをカメラに収めるのとで、私は一所懸命だった。

たまたまその当日、家に叔父が遊びにきていて、私がはだか祭にいくと聞いて撮影を託して愛用の高級カメラを貸してくれた。叔父の実家は山奥の小さな神社の神職を兼業で代々していて、神事に興味があったのだろう。馴れないカメラでパシャパシャやっている途中でレンズのキャップを外してなかったのに気づいた。間抜けな話だが、ふだんカメラなど使った経験がなかったので仕方がない。

そのうちに神男が拝殿に入ったのだろう。水が引くように騒ぎが収まった。時間にしてそんなに長くはかからなかった気がする。裸の嵐があっけなく過ぎ去ったという感想をもって、私はN君と帰った。帰り道、N君とどんな話をしたのだったたろうか。それは記憶に残っていない。

その少し後だったと思う。授業の終わった後、チケットが二枚あるから観にいかないかと誘われて学校帰りにN君と映画館に行った。『クロスボー作戦』という題名の映画だった。

第二次大戦末の話で、ドイツのV1号ロケットがイギリス本土を攻撃しはじめる。上空まで飛来して燃料が切れるとすーっと滑空して地上で炸裂する場面があった。英軍は海峡に機銃を並べて飛来するV1号を撃ち落として防御に成功する。だがそれも束の間、超音速のV2号がロンドンを襲うようになる。郵便配達夫がポストを巡っている平和な情景から、突然に街角が吹っ飛んで炎上し、その後からゴオッというロケットの爆音が耳を打つ。超音速とはこういうことか、これは怖いよねと思った。

ドイツのロケット開発者はフォン・ブラウン博士と思っていたら、この映画では毅然たる女性科学者が開発を指揮していた。ロケット発射実験のシーンから映画が始まったような気がする。米国本土を攻撃可能な新型ロケットが開発されているという情報が入り、三人の工作員を選んで敵地に潜り込ませて阻止する作戦が立てられた。それが「クロスボー作戦」だった。

そこまでは映像も含めて思い出せるけれども、そのあとの中間部分の記憶がはっきりしない。ロケットに関心が向いて、人間模様にはあまり関心が向かなかったのかもしれない。三人の工作員はそれぞれ別人になりすまして密入国し、たしか一人は捕まって、あくまで別人の名を名乗ったまま銃殺される。きっと残りの二人にもそれぞれドラマがあったのだと思うが、まるで覚えていない。

最後は、ロケットの発射基地に乗り込んで手に汗握る活劇の末、ロケットを間一髪で破壊するというアクション映画の型どおりのクライマックスになる。ただ、007などと違って、工作員は爆破されるロケット基地と運命を共にする。

映画のあと、喫茶店で喋った。それとも食事をとったのだったか。「超音速って怖いなあ」とか「ドイツ敗北も米国本土にロケット攻撃のなかったことも歴史でわかってるから、スリルとしてはいま一歩だったね」とか、そんなやりとりだったと思う。心の隅に引っかかっていることがひとつあって、私はそれを話してみた。

第二次大戦ではドイツは日本の同盟国だったじゃない。ドイツと一緒に英米と戦った仲でしょう。だから、さっきの映画を観ても、どっかドイツの肩をもちたくなってね。映画だからかもしれないけど、せっかく頑張って開発したロケットが水の泡になって残念みたいな……。

もちろん、その頃、私はナチスが嫌いだったし、あの戦争をリードした日本軍部も嫌いだった。しかし、それはそれ、これはこれで、テレビの『コンバット』や映画の『史上最大の作戦』などを(作品の出来映えの評価は別にして)素直に楽しんだり感動したりとはいかないこだわりがあって、それを口にしたのである。この間まで同盟国だった国がこの間まで鬼畜呼ばわりした敵国にやられる映画をけっこう楽しむ自分たちは何者か、といった疑問だったかと思う。戦後まだ二十年だった。

N君はなんと答えたっけ。もとより二人の観た映画は自己犠牲の美談で味つけされた娯楽アクションとして楽しめれば、それで充分な映画で、偏屈にこだわることもない。この話は私の一場の感想に終わったと思う。自分のなかの違和の感じを私はうまく説明できなかったし、N君もあまりそういう議論をするタイプではなかった。

話を少し脱線させれば、航空自衛隊の幕僚長が、わが国が日中戦争を起こしたのはコミンテルンに騙されたためで侵略戦争ではなかった、という趣旨の論文を公表して更迭される出来事があった。どこまで一次資料に基づいて事実を吟味した実証的な研究論文なのかは知らない。歴史は複雑多重で、その研究は一筋縄ではいかない。ただ、歴史（history）とは物語（story）で、そこには自分たちの過去をどんな「物語」や「お話」にしてこころに落とすかというところがある。どんな物語をこころに落とすかは人による。幕僚長の物語は、よくある陰謀物語の一つのステレオタイプに過ぎない気がするけれども、彼がその物語を生きるのは自由だと思う。

ただ、国防の指揮官が「物語」に血道を上げているようで大丈夫かしら。過去の戦争を他者（ここではコミンテルン）の責任に帰することにおいてではなく、将来の（万が一の）戦争にあやまたず対処しうることにおいて、「物語」の能力ではなく「実戦戦略」の能力において、どこまで器量ある指揮官だったのだろうか。国防のプロなら、あの戦争でわが軍はなぜ完膚なきまで敗北したのか、なぜ膨大な数の国民を死なせてしまったのか、自分たちはなにをどこで失敗したかを緻密に追究するのが本筋ではあるまいか。研究テーマがずれている。

軍人が過去の戦さの失敗に学ぶに代えて過去の戦さの正当づけと他責に熱中していたら、その内容の正否を問わず、同じような失敗をまた繰り返すだろう。そしてきっとまた、だれかのせいにするだろう。第二次大戦をわが国は、現実吟味によってではなく、物語によって戦って惨たる結果となったふしがあるので、二の舞が心配になる。

それにしても高校三年生の一月、二月は受験の追い込みのときである。当時はセンター試験はなく、合否は入試当日の本番勝負で決まった。その勝負どきにはだか祭を見物に行ったり、映画を観に行ったり、振り返ってみればずいぶん呑気だった。

考えるとN君は学年でも屈指の秀才で、どんな難関大学へも目をつぶってでも入れる力があった。猛勉強のふうもなく、悠々と群を抜いていた。一方、私のほうは高校二年から勉学を投げ出していたため、早々と浪人することに決めていた。決めていたといえば聞こえがよいけれど、ほかにどうしようもなかった。理由こそ違え、双方とも受験本番を前にそんなに目の色を変える必要がなかったのかもしれない。そんなわけで、この時期、私はN君とよくつきあった。けれども、実は私のなかにはとまどいがあった。

私とN君は出席番号が近く、同じグループとなる機会も多かったと思う。しかし、とくに個人的なつきあいはなかった。それが三学期に入ってN君がなにかと声をかけてくるようになったのである。

卒業が迫るこの時期、クラスの凝集性が高まって、親密の空気が濃くなった。当たり前のように学校で顔を合わせてきた日々が終わらんとしているのに気づくためだろう。この先、どれだけ会う機会があろうか。それまであまりつきあいのなかった同級生同士の接近が始まった。もっと早く友達になっておけばよかったというように。舟木一夫の『高校三年生』などに歌われる抒情にリアリティがあった時代だった。

N君の接近もそうだったのだろう。しかし、私にとってN君は学業ひとつをとってもいわば別世界の生徒だったのである。秀才だけれどもあまりきらきらしたところをみせない穏やかなN君が嫌いではなかったが、その接近は私をとまどわせた。誘われるまま一緒に出かけたり話したりしながら、私はどこか距離を置いていたと思う。N君がどんな話をしたか、記憶の薄さに、書いていてあらためて気がつく。こころを彼に向かってしっかりひらいていなかったのだろう。

というよりか、その頃、私はまわりのだれとも距離を置いていた。いや、〝距離を置く〟の表現は正確ではない。能動的に距離をとったのではなく、まわりから疎隔していた。なにか暗い淵にはまり込んで独りもがいている感じであった。目はもっぱら自分の内側の観念に向けられ、外に向かなかった。あの時代を切り抜けて、こうして生き延びられたのが不思議に思えるほどだ。どこにも自分の住みうる処がないという観念に深く捕らえられていた。

でも、あの時代は「孤独」や「憂鬱」や「暗さ」を、ただネガティヴなものと感受せず、なにか意味あるものとする感覚が人々一般にあったと思う。そこでなんとか凌げたのだろう。その頃の私は梶井基次郎を繰り返し読んだ。現代の若者のほうがこのあたりはむずかしく見える。思春期の孤独や憂鬱を内面の主題として持ちこたえるのが困難になって、そのぶん、若年うつ病などとして病理化（精神医学化）されやすかったり、外に向かって他責に傾きやすくなっているかもしれない。

そんな高校時代が終わり、N君はなんなく東京大学に合格し、私は私で浪人生活に入った。その後、N君には会っていない。浪人中に私は腎臓を病んで、療養生活に入った。やがて学園紛争の季節が始まり、私は病室のテレビで東大安田講堂の攻防を観た。いまN君はどうしているだろう、と思ったのを覚えている。

医学部を卒業して精神医学の教室に入り、同じ年に赴任してこられた中井久夫助教授の診察に陪席したとき、私は自分の住まいうる処が見つかったと感じた。深い安堵感があった。その頃からあらためてN君のことが気になり始めたのである。あの接近は何だったのか。同窓会の名簿を調べて、彼のところが白いままになっていることも気になった。やがて新しい名簿が刊行されたとき、物故者の欄に彼の名前があった。

N君の接近に対して距離を置いていたことを、深く悔いている。なぜ、素直にこころがひらけなかったのか。いまから顧みれば、N君には孤独があったかもしれない。まわりの人々は、教員も同級生も、N君の抜群の成績やその能力を愛でたり羨んだりばかりで、N君その人に関心を向けていなかったのではないか。その意味で孤独で、秀才のオーラの下に寂しさを隠していたのかもしれない。それが彼を私に近づけたのではないか。あの頃の私はそういうことになにひとつ思いを馳せられなかった。

朝礼の集会の折、私の後に並んだN君は背後からこっそり手を伸ばして私の胸ポケットの手帳をひょいと摘みだしたりした。そんなふざけっこのようなかかわりも思い出す。あの辛かった時期にN君が私に示してくれた親近は、私がそのとき感じていた以上に実は私を救っていたにちがいない。いまはそれがよくわかる。

いつか静かな季節に国府宮神社に行けたらと思う。

遊んべえ

宣伝めくけれども、私も編集人を務める雑誌「そだちの科学」（年二回刊行）の十二号が四月に出た。時計でいえばちょうど一回り目で、その節目に「遊び」の特集を組んだ。多くの方々にご執筆をいただき、その原稿を読み、自分自身も書くうちに遊びの思い出が蘇ってきた。子どもの遊びも時代とともに移ろっている。なにが遊びを移ろわせ、その移ろいは子どもたちの生活や成長にどんな変化をもたらしているのだろうか。

私の手元に下田直好『遊《あす》んべえ』（煥乎堂、一九八六年）という本がある。副題に「赤城山麓の

子どもの四季」とあって、昭和初期、群馬県中央部の村の子どもたちの遊びを、著者自身の記憶をもとに春から夏、夏から秋、秋から冬、冬から春とたどりながら絵と文とで描き出したものである。

もちろん、季節に限られた遊びばかりではないけれども、このように季節に寄り添わせられるのは、昔の子どもたちは現在よりもずっと自然の懐で遊んでいたためだろう。

戦争をはさんで二十年を超える時の隔たり、群馬と愛知という地理の隔たり、村と都会の違いをもちながら、そこに記された遊びの多くが私の記憶にもあり、懐かしい。絵も文もよい。少なくとも戦前から一九六〇年代の高度成長時代まで子どもたちの遊びはそんなに変わらず継承されていたことがうかがわれる。遊びが大きく移ろいはじめたのはそれ以降だろう。『遊んべえ』に描かれた数々の遊びには、さすがに今はもはや見られなくなったものも少なくない。それでも、ほとんどそのまま目にするものもある。

○カバン持ちジャンケン

「今度ァ、鉄塔線の真下までだよ、チッカポイ」
「今度ァ、新道の出口までだよ、チッカポイ」
「今度ァ、誰かに会うまでだよ、チッカポイ」

ジャンケンに負けた子は、みんなのカバン持ちをさせられる。左右前後、負けた子の身体は

カバンで鈴なりだ。（後略）

この遊びは、やったっけなあ。ジャンケンの掛け声は「チッカポイ」ではなく「インチャンホイ」で、電柱から次の電柱までのルールが普通だった。つい先だって新緑の玉川上水沿いを連れあいと犬の散歩をしていたら下校途中の小学生の女の子三人組に出会った。一人がおなかにランドセル一つ、左右の肩に一つずつ掛けていて、橋に差し掛かったところでジャンケンをしていた。やってる、やってると連れあいと微笑んだ。きっと橋から橋までがルールなのだろう。離れていたのでどんな掛け声かは聞けなかった。カバン持ちを、石蹴り、鬼ごっこ、隠れんぼなどと並ぶ「伝承遊び」に数えてよいかわからないけれど、どんなところからも遊びを作り出す子どもの特質がよくでている。

今回は、この本を繙《ひもと》きながら遊びにまつわる思い出話をしてみたい。

『遊んべえ』には鬼ごっこの記述がたくさんあり、そのバリエーションの多さに感心する。私の記憶に残っているものもある。

○たか鬼

ルールはあて鬼と同じ。一つだけ違う決まりがある。地面より高い所ならすべて安全地帯。

蜜柑箱でも、ざま（かごの一種）でも、背負籠でもいい。上にさえ上がれば鬼は捕まえることができない。（中略）さらに、たとえ高い所にいても、鬼に十の勘定をされたら動かなければならないから、下りるタイミングも難しい。

友達仲間では鬼ごっこを「ぼうやい」と呼んでいた。たぶん「追い合い」の転訛だろう。「ぼうやいやるもん、この指とまれ」と指を立ててまわって、参加者を募って遊ぶならわしだった。たか鬼は「たかたかぼうやい」だった。後に私が勤めた児童福祉施設でこの遊びが流行って、夕暮れの園庭で子どもたちが遊んでいたのも思い出す。

○ポコペン鬼

直好んちの天道柱（縁側の柱）が舞台になる。両手で顔を覆った鬼が、天道柱へお凸《でこ》をくっつける。

みんなは、半円形に鬼を囲む。

ポコペン　つっつきますよ。

誰だんべ。ポコペン

人差し指で、鬼の頭をつっつく真似をしながら歌う。終わりの「ポコペン」で、誰かがほんとうにつっつく。鬼は振りかえって、つっついた人を当てる。当たらなければ、また鬼にな

る。(以下略)

このポコペン鬼は自分が遊んだ記憶はない。しかし、「……ポコペン、ポッコペン、だあれがつっついたあ。ポコペン」という歌と節回しが懐かしく残っていて、いまでも口ずさめる。よく女の子が遊んでいて、その歌が耳に残ったのだろうか。

ほかにも遊びに加わった覚えがなくて耳だけに残っているものに「花いちもんめ」がある。顧みるに、あまり自分から遊びの群れに入らない内向的な子どもだった。

「……勝ってうれしい　花いちもんめ。負けてくやしい　花いちもんめ」に続いて、

「隣のおばさん　ちょっとおいで」「犬がおるから　よういかん」「あの子がほしい」「あの子じゃわからん」「この子がほしい」「この子じゃわからん」「相談しましょ……」

相談のあと、「○○さんがほしい」「××さんがほしい」と指名しあってジャンケンで決める。「犬がおるから　よういかん」のあと、もう少しやりとりがあって「あの子がほしい」になったはずだが記憶がおぼつかない。「○○すれば大丈夫だで、ちょっとおいで」という呼びかけが続いて、「それでもこわい　よういかん」という応答だったと思う。

『遊んべえ』に記載がなく私の思い出にある鬼ごっこの種類に「すいらい」(おそらく水雷)があった。敵味方の二グループに分かれて遊ぶ。めいめい潜水艇、駆逐艦、戦艦と役を持って、潜水艇は戦艦を捕まえられるが駆逐艦には捕まる、駆逐艦は潜水艇を捕まえられるが戦艦には捕まるとい

う三すくみの関係で追いかけっこをする遊びであった。そのルールが最初よく呑み込めなかったせいか、かえって記憶に残っている。大戦を経て生まれた遊びだったのだろうか。

もうひとつ「こまぼうやい」というのがあって、真鍮の独楽を掌にもった空き缶の蓋の中で回しながら鬼ごっこをする遊びだった。独楽が回っている間だけ逃げたり追ったりできる。独楽を取り落としてもむろん駄目である。紐を巻いた独楽をくるっと投げ上げて回転のついた独楽を巧みに掌の蓋で受ける手練を要し、ぶきっちょな私は何度やってもうまくゆかず、この遊びに加われなかった。独楽は昔からのポピュラーな玩具と思っていたけれども、『遊んべえ』にはまったく記述がない。独楽が手に入って遊べたのは、都市部の子どもだったのかもしれない。「こまぼうやい」の独楽さばきにもういちどチャレンジしてみたい気がするけれど、あの真鍮独楽は今も売られているだろうか。

私が子どもの頃は、いうなればゲーム機の電子画面の代わりに地面がゲームのフィールドだった。私にも覚えがある地面のゲームを『遊んべえ』から拾ってみよう。

○砂とり

砂は少しぬれていた方がいい。砂を集めて高い山をつくる。山の頂上に棒を立てる。ひとりひとり、順番に砂をかき取って行く。棒を倒したら負けである。山がやせて、棒が倒れそうになると、息を殺し、取る砂も少なくなる。誰かが棒を倒したときゲーム終了。砂を沢山とった子が勝ちになる。

この遊びは朝礼で運動場に集まって整列の号令の掛かるまでの間とか、体育の授業で順番を待っている間とか、そんなときによくされた。「棒たおし」と呼んでいた。地面に四角い枠を描いて、ジャンケンで勝つとその四角の中に指をコンパスにして扇状のラインを引き、その内側を領地にしてゆく陣取りゲームもそんなときのものだった。『遊んべえ』には「国取り」の呼び名で記されている。

学校が終わってからの時間にもっと真剣に（?）する遊びには「釘さし」があった。『遊んべえ』では「ねっくい」という呼称だが、遊び方はまったく変わっていない。手裏剣をうつ要領で地面に釘を刺し、その刺点と刺点とを結んで蜘蛛の巣のような螺旋を地面に描いてゆき、自分の螺旋が相手の螺旋を完全に囲いこんでしまえば勝ち。

○ねっくい

（前略）ねっくいは、二人なら一本線の両側、三人なら三角形の頂点、四人なら四角の角々を自分の出発点に決める。もっと大勢のときは、一つの角に同居させて貰うのである。

ジャンケンで勝った者順に始める。釘を立てては線を引き、みんなを取り囲んでいく。釘が倒れると失格、選手交代である。次の子は囲まれた線の間を通って出る。真直ぐに線を引いてみて、囲まれた線の間を通過できなければ失格、再び選手交代である。うまく囲みを逃れ外に出られたら、たちまち逆襲が始まる。意地悪な子は、細い道を作って後から来る子をなやます。（中略）早く囲って、一回りした自分の線の上に釘が立てば試合終了である。

どこに釘をうつかの戦術と狙いどおりの地点に釘をうつ技能を競うなかなか面白いゲームだった。陽が落ちて地面が見えなくなるまで遊んだ記憶がある。いかに刺さりのよい釘を使うかも重要で、「兼っちゃんの五寸釘は、縁の下の釘箱に大事に蔵ってある。毎日、何十回も砂利砂につきさしては磨いているから、先端の角もとれてまん丸、真っ白に光っていた」と『遊んべえ』にもある。釘を線路に置いておくと先が鋭く潰れて釘さし用のいい釘になると語った仲間がいたけれど、実際にそのような釘をもっている子は、その子も含めてまわりにはいなかった。

『遊んべえ』に出てくる「玉っころ」（ビー玉）、「ぶっつけ」（メンコ）なども普段の遊びだった。メンコは私たちの間では「しょうや」と呼ばれていた。ビー玉は「カッチン玉」。勝つと相手のものを巻き上げる点に賭博性（？）があってそれを親が嫌ったので、私にはこっそりの遊びで、そのせいでもないが強くはなかった。

「チャンバラごっこ」や「戦争ごっこ」も出てくるけれど、『遊んべえ』の子どもたちは全体として穏やかな遊びをしていた印象を受ける。自然に囲まれた世界で牧歌的に遊んでいた。それに較べて都会の私たちの遊びのほうが乱暴で攻撃的だった。休み時間になるたびに元気な男子が必ず遊ぶものに「馬のり」があった。

数人ずつで二組に分かれる。インチャンホイで負けた組が「馬」になる。一人目が教室の壁に両手で身体を支えて両脚を踏ん張る。その股の間に二人目が頭を突き込んで手で一人目の足を摑んで身を支え、その股の間に三人目がやはり頭を突き込んで、さらにその股ぐらに四人目が……というふうに繋がって馬をつくる。その馬の背に、勝った組の者が助走をつけて走ってきて一人、また一人と飛び乗ってゆくのである。全員が飛び乗ったら、馬の組は乗り手を振り落とそうと、乗り手の組は馬をひしゃぎ潰そうと思い切り身体を揺すり、うねらせる。そのとき歌をうたう、「いちじく、にんじん、さんまのしっぽ、ゴジラとムカデ、なにごっこやろう、ここのつとうがん、十一銭」。歌が終わるまでに乗り手が振り落とされたら馬組と乗り手組は交代。だれも落ちなかったり馬のほうが潰れたら、交代なしでまたやる。馬を潰そうとかかっているので、飛び乗る際できるだけ勢いをつけてドシンと乗るのが作法だった。見ていても面白く、見物人が大勢いて、乗り手が落ちたか馬が潰れたかをワイワイと判定した。『遊んべえ』にはこの遊びはでてこないし、ましてや現在、学校でこんな遊びを教師が許していたら問題になってしまうだろう。以前、大学院の授業でこの「馬のり」の話をしたら、若い院生はもちろん知らなかったが、社会人入学の院生が「いやあ、あれは愉しかったですねえ」と目を輝かせた。

「いちじく、にんじん……」は、当時は意味も考えず歌っていた。あとで考えれば数え歌だった。清水眞砂子さんの『学生が輝くとき』（岩波書店、一九九九年）に原型がでてくる、「いちじく、にんじん、さんしょにしいたけ、ごぼうにむかご……」。こちらのほうがずっと上品だな。振り返れば、映画『ゴジラ』が封切られてさほど年月を経ない頃で、さっそく取り入れたのだとわかる。

ゴムまりでもよく遊んだ。

○まあり（まりつき）

始末屋（倹約家）の姉の里子さんが、長い間かかって貯めた子守の駄賃で、前橋の今井のおもちゃ屋で買ったまりは十五銭だった。まるでドッチボールのように大きなまりで、赤い毛糸で編んだ網袋に入っていた。顔を近づけると、ほのかに石油の匂いがした。里子さんが早速上り端《はな》でついてみると、十五銭のまりは軽やかにトントンと弾んだ。大勢の兄弟は、大黒柱にもたれてうらやましそうに見つめ、囲炉裏を囲んだ大人たちも、相好をくずして見守っていた。

里子さん、三年生も終わりに近い、昭和十一年の早春であった。

トントン弾むゴム製のまりは、この時代、まだまだ高級品だったのだろう。わらべ歌「山寺の和尚さん」にあるように昔のまりは、つくよりも蹴るものだった。時代の差で、私の頃にはゴムまりはだれもがもっていて、女の子がまりつきする情景をよく見た。手まり歌を微かに覚えている、「あんたがたどこさ」とか「一丁目の一助《いーすけ》さん」(『遊んべえ』を見たら「一丁目」ではなく「一もんめ」だった)。

男の子は小さなゴムボールで、三角ベースやテニスをした。三角ベースでは握り拳がバットで、テニスでは掌がラケットになった。ネットの代わりに地面に棒でラインを引いて、その手前でバウンドさせて相手のコートにボールを入れる。ラインを越えて弾めば「オーベ」と呼んで、これはアウト。ライン上で弾むのは「イン線」と呼んで、これはセーフ。スマッシュを「打ち込み」と呼んでいた。

とても流行って休み時間になるとこの掌のテニスに熱中した。一対一でもしたが、仲良しと組になってのダブルスが面白かった。小学校五年のときK君という親友ができ、よく彼と組んだ。K君は自分たちのペアを「無敵艦隊」と名づけ、そんなに強かったかはともかく、スペインの無敵艦隊の名を私はそれで覚えた。ふたりとも『十五少年漂流記』『海底二万哩』など海洋冒険小説が大好きの仲だったのである。K君とは学校でも帰宅後でもよく遊んだ。本を貸し借りしあう読書仲間だっただけでなく、からだを使うのが苦手なうえ引っ込み思案の私を、こうした子ども集団の外遊びの世界に引っ張り出してくれたのはK君だった。彼との出会いがなかったら、私の子ども時代とその後はけっこう危ういものになっていたにちがいない。K君との思い出は尽きない。

「まりぶつけ」という遊びも流行った。数人以上で集まって、校舎の壁の高いところにゴムボールを投げつける。そのとき、「〇〇！」と参加者のだれかの名を呼ぶ。呼ばれた子は壁からはね返って落ちてきたボールをキャッチしないといけない。ダイレクトでキャッチできたときは、すぐさま「××！」とだれかを指名して壁に投げつける。今度は××君がはね返ったボールをキャッチしに走る。キャッチできなかったときは地面に弾むボールを追っかけて取って、そのボールをまわりのだれかにぶつける。当たればよし、当たらねば失点がつく。当たれば当てられた子の失点。ボールを当てられないためには壁にボールが投げられるやいなや遠くへ逃げたほうが安全だけれども、遠くに逃げると万一ダイレクトキャッチされて指名されたらボールが取れない危険が大きくなる。失点を重ねると「死刑」といって、壁に向かって両手をひろげて立ち、皆からボールをぶつけられる。およそ、そんな遊びだったと思うが、ずいぶん遊んだわりにルールの記憶があいまいである。熱中した遊びは、観察的にとらえていないためかもしれない。

いろいろ思い出しはじめるときりがない。なんとまあ、遊びに遊んでいたことか。遊びの黄金時代がもてたのは、ほんとうに幸せだった。遊びはずいぶん変わっても、いまの小学生たちもいつか自分たちの『遊んべえ』を描き残そうと思い立つときがくるかもしれない。それはどんなものになるだろうか。

村田先生との夕べ

五月末、梅雨の走りを思わせる雨のなかを新幹線で下関に出かけた。遊戯療法学会が下関で開かれ、そのワークショップで遊びと発達の話をしたり研究の発表を聴いたりするためだったけれども、ほかにも楽しみがあった。学会で私の役割が終わったあとの夕べ、村田豊久先生と一献傾けることになっていたのである。

本誌の長年の読者ならおそらくご存じのとおり、日本の児童精神医学の草分けのおひとり村田先生は「教育と医学の会」の会長を昨年まで務めてこられた方で、実はこの連載も先生の強いお勧めあってのことだった。村田先生は北九州市の小倉で子どものケアを中心としたメンタルクリニック

を開業しておられる。その日の診療を済ませて小倉から来てくださった先生と、もう雨の上がった港町の居酒屋さんで地酒と獲れたての魚。楽しい夕べだった。

村田先生のお仕事に初めて接したのは『自閉症』（医歯薬出版）という小さな本だった。初版は一九八〇年。私が手にしたのは八四年のことで、大学から名古屋市児童福祉センターに移って児童の臨床に専念するようになってからである。

このころ、私は問題にぶつかっていた。欧米では六〇年代末から七〇年代、わが国では七〇年代初めから八〇年代、英国の児童精神医学者、マイケル・ラターの自閉症学説が学界を席巻していた。問題とは、その学説が、私には腑に落ちなかったことである。医者になりたての頃、山中康裕先生から児童臨床の手ほどきを受け、それをベースに自閉症への取り組みを考えはじめていた時期だった。

「自閉症」と呼ばれる子どもたちを見出した児童精神医学者レオ・カナーのその最初の論文は「情動的交流の自閉的障害 Autistic disturbances of affective contact（一九四三）というタイトルだった。この子どもたちは社会的・対人的な関わりの深い困難性（自閉）を、それも乳幼児期から始まる情動的な交流の困難性をおそらくは生来的に抱えており、それがこの障害の本態だろうとカナーは考えたのである。そしてオウム返しをはじめとする特徴的な言語コミュニケーションの困難性は、この対人交流の障害から二次的に派生するものだろう、と。対人交流に大きな障害があれば言語交流にも障害が生じてふしぎはないからだ。これがカナーの考えの基本線だった。

この基本線のうえで、自閉症とは、もしかしたら乳幼児期に発病した統合失調症かもしれない、早期発病のため後天的・環境的な要因による修飾が加わっていない統合失調症の「純粋培養例」なのではないかといった推測や、自分の診た自閉症児の親たちには共通した性格特徴がみられたという経験事実（ただし、それが自閉症の「原因」となるはずはないとつけ加えるのを忘れなかった）をカナーは述べている。

これに対して、ラターの学説はこの基本線を真っ向から覆すもので、次のような説だった。

自閉症の本態は、社会的・対人的な関わりの困難性（自閉）にあるのではない。言語コミュニケーションの独特な困難性のほうが自閉症の根本的な症状で、社会的・対人的な関わりの困難はその結果生じる二次的な症状にすぎない。言語交流の困難を主症状とする近縁的な障害に発達性言語障害があるが、自閉症は単に言語レベルの障害ではなく、言語能力のさらに根底にある認知能力レベルでの障害、すなわち「認知欠陥 cognitive deficit」をもっている。これこそが自閉症の本態にちがいない。ラターは、その認知欠陥として「概念形成能力」ないし「抽象能力」の障害を挙げた。この子どもたちの知能検査を調べると、この能力を反映するとラターが想定して課題の得点が、他の課題に較べて目立って落ち込んでいるからである。

以上がラターの基本線で、この基本線の延長上で、おそらく自閉症は概念形成や抽象能力にあずかる脳の領域のなんらかの生物学的な欠陥に基づく発達的な障害だとする仮説が引き出される。このラターの学説はわが国では「言語・認知障害説」あるいは「認知障害説」と呼ばれるようになった。

この説は中根晃先生の『自閉症研究』(金剛出版、一九七八)で「コペルニクス的転回」と称揚されるなど、わが国でもこぞって受け入れられていった。

けれども、私には大勢に背を向ける性癖が潜んでいるみたいで、ラターの説がこころに落ちなかった。どこでひっかかったのだろうか。例えば、言語の障害が一次的で社会性の障害は二次的だとする根拠として、ラターは自閉症児も成長につれて社会性はそれなりに伸びてくるのに言語は改善しないという追跡調査のデータを示している。しかし、仮にこのデータが正しいとすれば、ラターの主張は論理的にさかさまの気がした。社会性の障害が言語障害から二次的に生み出されるものであれば、言語障害の改善がないうちに社会性の障害が先に改善するのは理屈に合わない。このデータは、むしろ、社会性の障害のほうが先にあることを示唆するのではなかろうか。

もうひとつ疑問だったのは、知能検査の読みだった。自閉症の子どもたちにWISCという知能検査を行い、一人ひとりの個人差はおいて、多人数で平均してみると、ラターの指摘どおり、「一般理解」や「絵画配列」と呼ばれる検査課題で大きな得点の落ち込みが認められる。これは確かに発見である。しかし、それをもって自閉症特有の「認知欠陥」として、そこに自閉症の本態を見るのはおかしい。なぜなら、知的障害の子どもたちもやはり「一般理解」「絵画配列」の得点は低いからである。ただ、それ以外の諸課題の得点も同じく低いため、特異的な落ち込みと見えないにすぎない。もし、この得点の落ち込み（低さ）が概念形成や抽象能力の障害のあらわれでそれが自閉症の本態ならば、知的障害の人たちもみな自閉症のはずではなかろうか。

言語・認知障害説には、筋道を通して考えるかぎり、無理があると思われた。とはいえ、では自分なりの答えが見つかるだろうか。それが私のぶつかっていた問題だった。

この時代、ラター学説によって自閉症はついに科学的に解き明かされつつあるという盛り上がりのなかで、そうでない説を世や親たちを惑わせる非科学的な謬説として批判しよう、という空気が生まれた。一九八二年、日本児童青年精神医学会の学会誌で「問題のある小児自閉症関連図書についての書評」という批判特集が組まれたのが、その端的な例だった。書評のかたちをとった学会による組織的な焚書（バッシング）である。読んで浮かない気分になったのを覚えている。批判の妥当性はひとまずおくとして、次のようなところである。

ティンバーゲン『自閉症・文明社会への動物行動学的アプローチ』への書評では「もしこれがノーベル賞受賞者というような権威のある位地からなされたものでなかったとしたら、人々はいまさらこのような問題に意を用いることはなかったであろう」というショップラーの批判に尽きると述べられる。岩佐京子『テレビに子守りをさせないで』は「この本は『専門家が自閉症とテレビとの関係をやさしく解説した』と一般にはうけとめられるたぐいの本であろう。解説書は（中略）専門的知識と実践に裏打ちされたものでなければなるまい。後者（注：専門的知識や実践）については一般の読者にそれをみきわめる能力を要求するのは筋ちがいであって、もっぱら執筆者の良心と良識にゆだねられるべきものである。本書の著者には、やはりこの点が不足しているといわざるをえない」と批判される。河添邦俊『障害児の育つみちすじ』に対しては「氏は国立大学の教官であるが、その立場でこのようなドグマ的な演説を広めることは、まことに問題であるといわねばならない」。飯野節夫『自閉症は治せる』へは「まして、祈禱師、民間療法の類ならともかく、東大出の肩書きを誇示した国立大学の現職教授の著だとなると、問題は一層深刻のように思う」。

これらの評言から自覚されざる権威主義が透けてみえないだろうか。一般の読者や親たちは専門的知識もなくみきわめる能力もなく、ノーベル賞受賞者とか東大出とか国立大学教授といった肩書きにだまされて藁にもすがる思いで謬説を無批判に信じてしまうから「我々児童精神医学の専門家」が謬説を批判して「正しい啓蒙」をするのだという姿勢なのである（今流の言い方をすればずいぶん「上から目線」ではなかろうか）。ロンドン大学教授で児童精神医学の第一人者とされるラターの学説を疑問なしに受け入れている児童精神医学の「専門家」たるみずからの姿はどうなのか、とひそかに気になった。

しかも、こうした空気は自閉症について自由に考えたりものを言ったりするのをためらわせる雰囲気を作りだしたと思う。とりわけ、社会性や対人関係、情動的交流の問題から自閉症を検討する試みは、それだけで原因を親に求める悪しき「心因論」かのように頭から斥けられるようになった。自閉症が脳障害による認知欠陥なのはもはや明らかで、「いまさらこのような問題に意を用いることはない」とばかりに。大きな学界的な背景としては、六〇年代まで米国精神医学をリードしてきた精神分析学の手から生物医学の手に精神医学の主導権を取り戻さんとする七〇年代以降の強い潮流があった。ラター説はその潮流に乗ったがゆえに充分な検討もなしに広められていったのかもしれない。

児童福祉センターの書棚にみつけた村田先生の『自閉症』を開いたのは、こうしたさなかだった。平易にコンパクトに書かれているけれども、単なる入門書や啓蒙書ではなかった。著者自身の臨床経験とそこから培われた考えが控えめに、しかし、きちんと語られた本だった。例えば、ラターの言語・認知障害説を簡潔に解説したうえで、こう述べられる。

しかし、自閉症をことばの障害、すなわち発達失語（注：発達性言語障害の旧称）の特殊な病像として理解することにも無理があると思われるのです。縦断的にみると、言語構造の面でも自閉症には自閉症特異な障害が残るのです。となると、ことばはどうして生じてくるのかという問題にたち戻って検討しなくてはなりません。そのことは、人間の精神発達そのものを考え直すということになってしまいます。自閉症はある特定の機能（たとえそれが言語という重要なものであっても）の分析検討という作業のみでは、明らかにできない性質のものであることを教えてくれるのです。

やわらかな言いまわしだけれど、ラターの研究方法への根本的な批判だと私は思った。精神発達全体のパースペクティブから障害のあり方を検討するのではなく、なんらかの特定の（つまり局在的な）精神機能ないし脳機能の欠陥として理解しようとするところに無理があるのだ、と。第一章が「子どもの精神発達の特徴と自閉症」で、子どもの発達の一般的プロセスを押さえるところから書き起こされているのがこの本の大きな特色だった。子どもの成長の歩みがたえず視野におかれている。

ラターが自説の大きな根拠とした知能検査の特徴、「一般理解」「絵画配列」の落ち込みについても述べられており、これには目を開かせられた。

絵画の配列の問題の一例は図4に示したとおりです。時間的継起によって起こる現象を、時間的因果関係に基づき、その順序を考えなければなりません。また、自分と他人との関係、この社会でとる行動様式のあり方を問われています。それらを考える能力が、まだこの子どもたちには育っていないとみなさざるをえません。

そうなんだ。「自分と他人との関係」「この社会でとる行動様式」が理解できていなければ、この課題への正答はむずかしい。自閉症の子どもたちがほかの課題では得点できながら絵画配列で大きく落ち込むのは、ここがまだ育っていないためだと、小膝を打つ思いがした。つまり、ラターが考えたような言語・認知の障害のあらわれではなく、社会性の障害のあらわれだったのである。「一般理解」も、いわゆる社会常識を問う課題である。ラターは知能検査結果の分析にあたって、その検査課題に正答するには具体的にどんな条件が必要かを考えないで、「概念形成」とか「抽象能力」とか、ある特定の機能の存在を抽象的に仮定して、その欠陥と性急に結論づけてしまったと言える。

この小さな本に私はずいぶん元気づけられた。精神発達の流れのなかで、その遅れとして自閉症をはじめ発達障害をとらえる発想の土台を得たと思う。また、このころ自閉症が語られるつど枕詞のように言及された心因論への批判をめぐり、村田先生は「心因論として親子関係を考えるとなると、やはり無理がある」と同意する一方、「心理的な原因で起こったものではないが、この子たちに必要なのは心理的な触れ合いであることにはかわりないはず」と釘をさしている。これも同感の意を強くもった。

今読めば何でもない指摘にみえるけれど、『自閉症研究』に寄せた島薗安雄教授の序言、「本書は心理学的な自閉症物語ではなく、まさに医学的自閉症論ということができる」に窺われるごとく、自閉症について「心理的な触れ合い」などと語るのは科学ではなく物語だという眼差しの強かった時代にこれは書かれている。

ラターは英国の実証主義の伝統に立ち、精力的な調査や検査で集積した実証データに基づいて初めて理論を立てる誠実な研究者だと思う。その誠実さを嫌いではない。「実証を重んじ思弁を排す」をモットーとしていた。ただ、自閉症研究ではモットーが裏目となって、データの実証性は高くてもそのデータを考察する思弁が拙な過ぎた気がする。ラターの仕事には、楽譜に忠実でタッチもまじめで堅実だけれどインスピレーションにいささか欠けたピアニストの曲の趣が感じられる。

これに対してカナーのタッチはヴィヴィッドである。最初の論文では、統合失調症の謎を解く鍵を手にしたのではないかとの心躍りが伝わってくる。カナーは実証主義者ではなく、真の経験主義者だったと思う。経験を生かしきるだけの観察力とそれを整理できる分析力をもち、経験事実を生き生きと記述したのが、カナーの研究である。理論より経験を重んじ、理論的な学説を正面に立てるのは用心深く避けた。家族の共通特徴を強調したことで、家族への偏見や親に原因を求める心因論を招いたと後に批判される。けれども、自分の見た家族には一致してそれが観察されたという経験事実を、経験主義者カナーは経験のままに記述したのだろう。あまりに特徴が一致していたため、カナー自身、母集団に偏りがあるのでは（つまり、自閉症の家族とかぎらずカナーの高名を知って尋ねてくる人たちは一定の階層に偏っていたのではないか）と怪しみ、ランダムに抽出した自閉症以外の子どもの親たちの特徴と対照比較して経験事実の妥当性を確かめている。先にも触れたように、だからといってそれが自閉症の原因ではないと明記して心因論は否定していた。

村田豊久先生のお仕事はといえば、子どもと歩んでいる雰囲気というか、生活の匂いがする。発達的視点の重視は、フランスで学ばれたワロンをふまえた神経心理学的発達論が学的バックボーンとなっていようが、それ以上に日々子どもたちの生活を見守りながら触れ合いを続けてきた臨床体験がおのずとそちらに向かわせるのだろう。これは真の生活臨床といってよい姿で、子どもを生活的にとらえてゆけば、障害があろうとなかろうと、そこには成長（発達）の歩みがあり、それをいかに支えるかに支援の課題がある。その道を村田先生は歩んでこられた。

その夕べ、村田先生は本連載の先回（「遊んべえ」）にご感想をくださり、滝川さんは幸せな子ども時代だったのですね、としみじみと言われた。いえ、それほどでも……とお答えしようとしてはっと言葉をのんだ。先生は私よりひと回り年上で、あの大戦のさなかに子ども時代を過ごしておられる。遊びどころではない、子どもの子どもとしての生活の失われた時代だったにちがいない。

なぜ、村田先生の臨床には、子どもの生活と体験世界への優しい見守りと支援の姿勢が貫かれているのか、温厚さのうちに一点ゆずらない勁《つよ》い芯が秘められているのか、それがわかった気がしたのである。

蟬の声

毎年、夏休みに愛知教育大学で特別専攻科の集中講義をしている。教員資格を取得済みないし取得見込みの者を対象に、特別支援学校（当時の呼称では養護学校）教諭の一種免許を授けるのが特別専攻科である。もうずいぶん昔、私がまだ医学部の駆け出しの助手だったある年、どんないきさつだったか、この特別専攻科の講義を一度したことがあった。やはり夏で、開け放った窓からふりそそぐ蟬の声を背に自閉症の話をした覚えがある。教室にエアコン（当時の言葉ではルームクーラー）などなかった時代だった。それが最初で、どんな講義をしたのだっけ。

初めての経験で、しかも駆け出しの助手などよりも障害児についてずっとキャリアを積んだ養護

学校のベテラン教員がたくさん受講していて、気後れや緊張感があった。ラターの言語・認知障害説が輸入され始めたばかりの頃で、自閉症論は百家争鳴だった。正解はまだないと断ったうえで、当時のさまざまな自閉症理解について述べたと思う。私自身、手探りの状態で、その手探りを示すだけの講義だったにちがいない。晴れた風の強い日で、日射しを避けてブラインドを下ろすと大きく揺すれて鳴った。外は林で、蟬の声が驟雨さながら。暑いので小刻みに休憩を入れながら、その休みの間ごとに次を考えて話したのではなかったかと思う。

その折には思ってもみなかったのだが、後に愛知教育大学の障害児教育講座の教員を務めることになった。そのつながりで、退職後の現在も毎夏そこで集中講義を続けるようになったのである。今年の夏の講義は、最終日は台風の影響で重い曇り空が戻ったけれども、一日目は梅雨明け後もぐずついていた空模様から一気に夏の幕が切って落とされたみたいな晴天だった。エアコンも入り締めきった窓の向こうでは、すっかり鬱蒼となった林に集う油蟬の大合唱である。冷房が効いているのだけれども、ガラスごしにしみ入る蟬の合唱がじんわり汗ばむような夏の感覚をもたらす。いや、夏はこうでなくては季節の甲斐がない。

学生は卒業してゆく。しかし、私は替わらず毎年講義を繰り返し、現職教員の学生もみな私より年下になっている。年の功というか、初心者の気後れはなくなった。自閉症や発達障害について、昔ほど手探りではなく、自分なりのとらえができ、それを語れるようにもなった。けれども、そのぶん、通い慣れた道を歩くみたいで手探りがはらむ新鮮な感覚や発見が生じにくくなった気もする。私なりのとらえは現職教員の日々の実践的吟味にどこまで耐えるものになっていようか。そんなことを思いながらの講義となってきた。蟬の賑わいだけは初めての授業と変わらない。

蟬の声は昔のままながら、昨今、蟬とりをする子どもたちの姿が夏の風景から消えた気がする。いつのまにだろうか。少子化もあるかもしれないが、それよりも虫とりへの情熱が子どもの遊び文化から失われたのだろう。昔、夏休みの宿題といえば「昆虫採集」が定番だった。調査してみないと確かには言えないけれども、おそらくこの変化は一九七〇年代終わりから八〇年代の間に起きたのではないかと思う。高度消費社会の幕が開き、私たちをとりまく社会構造や生活意識が急速に変容してきた時期である。

小学生の頃、蟬とりになぜあんなに夢中になったのだろうか。亜熱帯の狩猟採集民だった遠い祖先の血が子どもたちの間にまだ命脈を保っていたのかもしれない。子どもはみんな昆虫が好きだった。都会でも身近な存在だった。往年テレビに登場した仮面ライダーはバッタ、バルタン星人は蟬の顔で、ともに誰もが知る人気者となったのはそのせいにちがいない。バッタを捕えたり蟬を捕ったりしていた子どもたちがテレビの前に座ったのだろう。そういえばモスラなんて映画もあった。「蜻蛉つり今日はどこまでいったやら」の千代女の句をみれば、江戸時代にも子どもらは虫とりに熱中していたのだろう。

学校の園庭や雑木林をモチ竿やタモ（捕虫網）を手にして首が痛くなるほど一心に見上げながら

歩きまわった。たいてい誰かと一緒だったが、誘い合わせてというより狩り場にくれば誰かがいたのだろう。タモは布袋を使って母親が作ってくれたもので、採集家が使うような本格的な捕虫網ではなかった。モチは二つ折りの紙の間に塗られたものが近所の玩具屋で売られていた。モチ紙を開いて竿の先をそこに挟んでくるくると塗りつける。高い枝の間に竿先をそろそろと差し入れてゆき、気配にぱっと飛び立とうとする蟬を絡め取るのだ。モチ竿の先やタモ網のなかで暴れる蟬は、幹で歌っているときとは別のけたたましい悲鳴をあげた。雌蟬は声もなく暴れ、哀れだった。雌の蟬は啼かず、それを私たちは「唖蟬」と呼んでいた。

ニイニイ蟬はすばやさがなくて素手でも捕まえやすかった。油蟬は数が多く、小さな虫かごはすぐ油蟬でいっぱいになった。ツクツクボウシは薄緑に縁取られた透明な羽がきれいだったけれど、これが啼き始めたら夏休みももう終わりになる。熊蟬はめったに捕まらず、だれかが捕まえれば額を合わせてのぞき込んだ。小学生時代を通じて、私はついに捕まえた記憶がない。昆虫マニアになったわけではなく、どこまでも夏の遊びだった。

捕えた蟬を放すとまっしぐらに飛び去る。遠投のように投げるとくるりと大きく身を翻えすように飛んでいった。しかし、モチで捕らえた蟬は羽を傷めていて飛べるとはかぎらなかった。いつだったか、「蟬の目をつぶして放すと、目のみえない蟬はまっすぐ上へ上とどこまでも昇っていくんだぜ」という話を同級生から聞いたことがあった。ほんとうだろうか。深くこころにかかりながら、試してみる勇気がなかった。

虫かごの蟬はたいてい翌朝には死んで、かごの底に重なっていた。朝の光のなかで骸をぱらぱらと地面に捨てると、いつしか蟻が群がっている。白い肉質の部分は運び去られてゆき、うつろな残骸だけが残される。夜、白熱灯に誘われて闇から飛び込んできて室内を狂ったように飛び回る蟬もいた。そのさまは、まばゆい太陽と緑樹のなかで歌う昼の蟬とは別の生き物に思われた。

生と死、光と影、歓びと悲哀。夏という季節はそれをコントラスト鮮やかに子どものこころに刻んで、その後の人生の何ものかになってゆくのかもしれない。蟬とりの子どもたちを見かけなくなったのが少し気になるのは、そんなことを思うためでもあろうか。

山田吉彦訳の『ファーブルの昆虫記』（岩波少年文庫）にも子ども時代に熱中した。表紙がちぎれかけたその本はいまも手元に残っていて、奥付をみると昭和三十年、第四刷。上巻の最後の章は「セミの話」である。昆虫記ではフンコロガシなどの研究が有名だけれども、やはり身近に知る虫に興味を引かれるのだろう。この章はページの傷み具合に繰り返し開いた跡をとどめている。

「セミの話」は、ラ・フォンテーヌによるイソップ寓話「アリとセミ」から書き起こされていた。アリがせっせと働く夏を歌い暮らしていたセミ。それが寒い冬になってアリに食物を乞うと「夏は歌っていたのだから、冬は踊りでもおおどり」と門前払いを食う話である。怠惰や享楽への戒め。

幼時から知っているイソップは「アリとキリギリス」だったから、詩人フォンテーヌがセミに翻案したのかと思っていた。夏の享楽のイメージはキリギリスよりもセミの歌声のほうがずっとぴったりくる。ところがあらためて調べてみたら、イソップの原話が「アリとセミ」で、蟬のいないヨーロッパ北部に伝わったときキリギリスに置き換えられ、わが国にもそちらが伝播したといういきさつらしい。キリギリスにはとんだ冤罪だったわけである。いや、セミにとっても実は冤罪で、逆にセミのほうがせっせと吸い上げた樹液をアリに分け与えていたのだと観察事実に基づいてファーブルは弁論をしている。

ファーブルの住むプロヴァンス地方は日本と同じく夏は蟬の大合奏で、頭がガンガンする、歌声はお前たちの権利であるのは承知だけれども、せっかくお前たちのことを弁論しているのだからもう少し静かにしてくれないか、と昆虫記の中でファーブルは訴えている。日本人には夏の風物詩の蟬の声も欧米人の耳にはただの騒音で、例えば日本映画を輸出する際、季節感をあらわすために入っている蟬の声をわざわざカットして送るという話を聞いたことがある。イソップのセミがキリギリスに変換されたことが示すごとく、そもそも蟬が知られていない欧米諸国が多い事情もあろうか。

日本人は虫の声など自然音も言語と同じく左脳で処理するのに対して欧米人は言語とは分けて右脳で処理するため、聞こえに違いがある、西欧人が日本人のように鈴虫や蟋蟀《こおろぎ》の音を愛でたりしないのはこのためだという、出された当時注目を集めた角田忠信博士の研究と重なりあうところかもしれない。これは脳の生物学的な構造の差異でなく、日本語と西欧語の音声構造上の差異から生まれた現象だというのが角田説だった。私は、講義をしていても、いまこれを書いていても、降りしきる蟬の声に夏の情趣を覚えこそすれ、邪魔な騒音とは感じない。一方、かのファーブルにあってすら音をあげたい騒音としか聞こえなかったとすれば、角田博士の説はなるほどと思わせる。

ところがそのファーブルが同じところで、古代アテネの人々はその声を楽しむためにセミを籠にいれて飼っていたと述べている。信じられないことに、と言いたげなニュアンスを言外にこめてだけれども。私たちが鈴虫を飼ってその音を鑑賞するのと同じだったのではあるまいか。ファーブルは出典を挙げていないが、これが事実なら、日本人と西欧人とでは脳の音声処理がちがうと単純に言えないかもしれない。あるいは逆に、古代ギリシャ語の音声構造と日本語のそれとの間に特異な共通性が認められるなら、角田説の有力な傍証となるにちがいない。だれか調べてはいないだろうか（古代の言語がどんな音声だったか知るのはむずかしいかもしれないが）。

「セミの話」の締めくくりに、ファーブルは、蟬はなぜ啼くかと問うている。雄は啼き、雌は啼かない。常識的には雄が雌を呼び寄せるためと説明できるだろう。力強く啼く雄蟬には、それだけ遠くからも雌蟬が集まってくる、と。動物行動学の本を読むと、いかに有力な配偶者と生殖し、いかに生存可能性の高い子孫を遺すか、それが動物の行動の目的、というか仕組みだというのが基本的な説明原理となっている。この原理を押し詰めれば、いかにDNAを継承（存続）させるかがDNAの存在理由で、その発現が動物の行動だという理解になろうか。

ファーブルがおもしろいのは、こうした理解法を採らないところである。ファーブルは言う。観察してみれば、そんなに大声で啼かずともすぐ近くに雌がたくさんとまっているじゃないか。啼き声に惹かれて雌が飛んできた瞬間をまさに目撃できたこともない。そもそも蟬は耳が聞こえるのだろうか。囀る小鳥はカサっとでも物音がすれば啼きやんで飛び立つ。ところが蟬たちは木陰で物音をたてても逃げもしなければ啼きやみもしない。何かが近づく姿を見ただけで飛び去るほど蟬は視覚的に敏感なのに、物音に対してはまるで気にかける様子がない。木の下で音をたてても逃げないのは、このくだりを読んだあとで私も確かめた覚えがある。

もし蟬に聴覚がないか、あっても鈍いものだったとすれば、その啼き声を雌への求愛の歌と考えるのは無理であろう。ファーブルは徹底している。これを確かめるために村役場から祝礼に使う大砲を借り出して、蟬たちの集まったプラタナスの木の下でぶっ放す実験をする。耳を聾する轟音にも、啼きやむ蟬も飛び立つ蟬もなく、樹上の合唱にはなんの変化も起きなかった。この結果から、ファーブルは結論を慎重に述べている。セミを聾とまでは言い切れないが、耳が遠いのは否定できない。では、なぜ啼くのか。

もしだれかが、セミはただ、じぶんたちが生きていると感じられるよろこびのためにあの歌をうたっているので、これはちょうど、わたしたちが満足しているときに両手をすりあわせるのとおなじだと、言ったとしても、わたしはべつに、あまり反対はしないだろう。

ファーブルの時代、聴覚の仕組みはわかっておらず、キャッチできる音の周波数（可聴域）が生き物によって違う事実は知られなかった。おそらく大砲の音は蟬の可聴域を外れていたと考えるのが妥当だろう。ファーブルは蟬の発声の解剖学的なメカニズムは詳述しながら、聴覚のメカニズムには触れていない。ヒトが聞くように蟬も聞く、という素朴な前提で考えている（考えるほかなかった）。しかし、もし聴覚のメカニズムが基本的に異なれば、何を耳にし、何を耳にしないかも私たちとは異なるだろう。ファーブルもそこまでは考え詰めなかった。動物行動学的にみれば、蟬の声はやはり雌を呼ぶためのシグナルにほかならないだろう。

ファーブルはダーウィンと文通しており、ダーウィンの提案した実験法を蜂の帰巣の研究に採用するなど、互いに信頼と尊敬の念を抱いていたけれども、進化論にはまったく賛成せず、昆虫の形態や行動を進化論的に説明してわかったつもりになることへの反証と批判を昆虫記で繰り返している。同じく、蟬が啼くのは雌を呼ぶためだと言った説明の仕方でわかった気になることにもなじまなかったのだと思う。たしかにそれで説明はできる。しかし、そんなことを思って蟬は啼いているのだろうか。代わりに「じぶんたちが生きていると感じられるよろこびのためにあの歌をうたっている」と説明しても、こちらは誤った理解だと断定できる証拠がどこにあろうか。人間が昆虫の行動を説明づけるとき、とりわけ巧みな説明原理をもち込んで説明づけるとき、そこに忍び込む人間の驕りに敏感な研究家だったと思う。

集中講義で私は、蟬の声を聞きながら、発達障害と呼ばれている人たちのあり方や行動をどう理解するかの話をしている。私の説明や理解はどうなのかしら。燃え立つ夏、まさに生きているよろこびに啼いているというとらえは、捨てたものではない。蟬の声に頭がガンガンするというファーブルでも「あまり反対はしない」と言っているのだから、私ならおおいに賛成してもよいかもしれない。

野分立ちて

十月七日、大型台風十八号の上陸と本土縦断が明らかになり、いよいよ愛知県知多半島上陸となったときには心配した。

私は名古屋に生まれ育ち、一九五九年の伊勢湾台風を体験している。小学校六年生の九月だった（二十六日潮岬に上陸）。あの嵐は覚えている。伊勢湾台風の被災者、そのうち五千人を超す死者・行方不明者の多くが名古屋とその周辺地域の住民だった。

名古屋人の多くがあの大災害を胸に刻んでいるにちがいない。阪神淡路大震災のとき、全国各地から義捐金が寄せられたなかでも名古屋や周辺地域からのものが多かったと聞いた。災害の与える

トラウマや精神失調が強調されるけれども、人間のこころはそれに尽きるものではないとわかる。

「伊勢湾台風」は後の命名だが、その台風の接近も、大型とは報じられていたものの、初めはこれほどのことになろうとは思わなかった。秋になれば台風はいつも来るものだった。

当時の民家には縁側があって、縁側は硝子戸と木製の雨戸とで外としきられていた。夜には雨戸を閉める。夕暮れどきになると雨戸を閉める音が界隈から聞こえはじめ、うちもそろそろということになる。わが家で雨戸を閉めるのは子どもの務めだった。数枚の雨戸が戸袋に収納されており、それを一枚一枚戸袋から真鍮のレールを打ちつけた敷居に送ってゆくのである。調子がよければ雨戸は底についた戸車によってガラガラとレールを走ってくれるのだが、建つけがわるいため、途中でつかえたり、外れて庭先に落っこってしまったりする。外れるとはめ直しが大変だった。

さて、台風接近の報があれば、早々、その縁側の雨戸を閉める。ふだんは閉めない窓の雨戸もみんな閉める。閉めるだけでなく、雨戸の木枠同士を五寸釘でつなぎとめる。枠には釘を通すための孔があった。さらに外側から板を雨戸に打ち付ける。こうして強風で雨戸が飛ばされるのを防ぐのである。この作業は父親の仕事だった。その間に母親は蠟燭などを準備する。台風には停電がつきものだったからである。台風とかぎらずなにかと停電が起きた時代で、蠟燭は家庭の常備品だった。

子どもにとってそんな台風接近は、心配とか怖いというより、なにかワクワクする体験だった。

父親や母親の備えの作業を弟と一緒に手伝い、そんなとき感じるちょっとした家族の結束感。しかしそれにもまして、いよいよ嵐がやってきて、庭の立木の揺れ騒ぎや雨戸を叩く雨脚が激しくなり、その激しさが募るほど「スゴイなぁ」と、こころが躍った。家がぎしぎし鳴るのもスリリングだった。蠟燭の明かりもなんだかうれしい。

台風のテレビ報道といえば、雨合羽に身を固めたアナウンサーが街頭に一人立って暴風にあおられながら「ご覧ください!」とマイクを手に語るのがお決まりである。そのアナウンサーの口調に、あらわには見せなくても、やはりこころをどこか浮き立たせている気配を感じるのは、子ども時代の自分と重ね合わせるためだろうか。

非常の出来事はその非日常性によって、安心に護られているかぎり、子どもにわくわくしたスリルや祝祭性を秘めた心躍りをもたらしてくれる。それに台風は必ず去るとわかっている。雨戸を打ちつけたりつっかえ棒をする父親や、停電や断水に備えて早々とおむすびを握ったり夕食の用意をする母親の姿に護られて、嵐を年に一度か二度のスリリングな出来事と味わえるのだろう。暴風雨のただなかのアナウンサーにしても、画面に入らぬ正面にはカメラスタッフたち、脇にはいつでも退避できる報道車が控えているにちがいない。

とはいえ、あまりに安心安全でも、スリルや緊張感が生まれず、せっかくの台風も日常の雨風とさして変わらぬ体験になってしまうだろう。進路を刻々伝えるラジオに耳をそばだてながら雨戸を打ちつけるところが肝心で、もうそんな備えを要さぬ家屋がふつうになったいまの子どもだったら、私はあんなに心躍りは覚えなかったにちがいない。昔は台風が年中行事のように来たなあ、と記憶しているのも、実際に襲来頻度が多かったのでなく、昔の台風のほうが日常を破る出来事だったせいにちがいない。

伊勢湾台風が大惨事をもたらしたのは、三メートルを大きく超える未曾有の高潮だけでも大ごとだったのに加えて、貯木場の夥しい数の太い丸太が潮と暴風にあおられて破城槌のように堤防を破壊して奔流とともに家々を襲ったためだった。どんなに恐ろしいことだったろう。江戸時代からの干拓で拡げられてきた低海抜地帯が最大の被災地域となった。自然災害は、まったくの自然の猛威だけによって起きるのではなく、干拓にせよ貯木にせよ、結果的にみればどこかで人為が招き寄せている面が潜んでいる。ダムや堤防を築いて自然災害を阻止しようという発想には、ある種のパラドックスと限界があるのではなかろうか。

当時の私の住まいは海からはずっと離れた丘陵部にあって「高田町」の地名からもうかがえる高い土地で、水害が及ぶ心配はまったくなかった。ところが夜半になって天井から雨漏りが始まった。それも間欠的にぽとりぽとり落ちる雫を鉢で受けるといった、それまで知っていた悠長かつ風流な趣のある雨漏りではなく、ぼとぼと降るように水が落ちてきて、それも一か所、二か所ではない。同時多発雨漏りで、蒲団など敷いて寝ておれるものではなく、家族をあげて家財を移動させたり、濡れて困るものを避難させる場所を探したり、大わらわになった。家のなかで傘がいる。

「ふるやのもり」という民話を小さな頃に読んだ。山中のあばらやに暮らす貧しい老夫婦があった。一匹の狼が床下に忍び込んで老夫婦が寝るを待っていた。寝たら襲って食べてしまう魂胆である。床下の狼が二人の会話を聞くともなく聞いていると「なにが怖いというて、ふるやのもりほど怖いものはない」「ほんにふるやのもりは狼より怖い」と語り合っている。狼はそんなに怖いものがいるのかと恐れをなして逃げ出し、老夫婦は難を免れたという話だった。

「ふるやのもり」とは、「古家の漏り」で、あばらやの雨漏りのことだったというのが話の落ちである。その落ちはわかったけれども、夫婦が雨漏りをそこまで怖がるのはぴんと来なかった。この台風でやっとわかった。古いあばらやでは雨のたびに同時多発雨漏りで何もかも水浸しになって、生活が脅かされるのだ、と。

子どもたちはどこか雨漏りのない片隅をみつけて寝かされたが、親たちはほとんど寝ずの夜になった。

翌日はちょうど日曜日で学校はお休みだった。

庭に出てみると、屋根のあちこちで瓦が無くなったりずれたりしていた。それほど風が吹き荒れたのである。雨戸が飛ばされなかったのはさいわいで、台風のたびに雨戸を打ちつける作業は無駄ではなかった。

受験勉強で読みかじった源氏物語に『野分《のわき》』と題する巻（二八帖）があって、こんな一節がある。

　見わたせば、山の木どもも吹きなびかして、枝ども多く折れ伏したり。草むらはさらにもいはず、檜皮《ひわだ》、瓦、所々の立蔀《たてじとみ》、透垣《すいがい》などやうのもの乱りがはし

嵐のあとの景色は、今も千年の昔も変わらない。庭には折れた枝や青々した木の葉が散乱し、割れた瓦や木切れ、どこから飛んできたのかトタン板のちぎれ端などが散らばっている。枝が折れたり葉が吹きちぎれて、木々の間がいつもより広くみえた。

『野分』では「日のわづかにさし出でたるに、愁へ顔なる庭の露きらきらとして、空はいと霧《き》りわたれる」だったけれど、その朝、私が見上げた空は、台風一過、まばゆいほどに晴れわたっていた。澄んだ空の下、吹き荒らされた庭は、思いっきりゴシゴシとウォッシングされたあとみたいだった。傾いた木の根元に盛り上がった黒々とした土、枝の折れ口の白さ、地面に散りばめられた若い木の葉、あちこちの水たまり。洗う手つきはたしかに手荒だったとしても、世界は一夜ですっかり洗われ、ふだんにない瑞々しい生身の姿を見せて、きらきら雫を滴らせている。

近所を見回ると、幼稚園のペンキ塗りの屋根がまるごとはがれて、運動場にねじれて転がっていた。昨夜の台風の凄まじさをあらためて感じたが、その運動場に水たまりが湖水のように広々とひろがり、青空が地上にあるみたいに映しだされている光景に私は見とれた。

被害が並大抵のものではなく、多数の人々が家を失い、夥しい死者がでたと知ったのは、それからのことである。二つの出来事がこころに残っている。

水没した地域の子どもを被災を免れた親族や知人宅に寄留させて、その学区の学校に通学させる施策がとられた。疎開である。私の家でもFちゃんSちゃんの兄弟二人を預かった。この高田町に越してくるまで兄弟の家と私の家はお隣り同士で母親同士が仲よく、転居は私が物ごころつく以前だったけれど、その後もお付き合いが続いていた縁だった。考えてみれば、転居していなければわが家も同じ運命となっていた。Fちゃんと私、Sちゃんと私の弟とは、それぞれ同い年だった。考え深いしっかり者の兄、きかん気のやんちゃ坊主の弟、という兄弟の典型のようなふたりで、一緒の生活はもの珍しく、急に賑やかになったようでうれしかった。

学校から帰ってきたふたりが台風の絵を描くんだと画用紙を広げたのを思い出す。Sちゃんは一軒の家を描き、その上空に大きな長方形を描きこんだ。それが何だかわからず尋ねると「タタミが飛んでる」と答えた。実際に畳が空高く舞い飛ぶほどの暴風だったのか、それとも強烈な体験がもたらしたSちゃんのイメージだったのだろうか。

そんなある日、隣家のMちゃんが将棋盤をもってきたので、Fちゃん兄弟や私たち兄弟、Mちゃん、みんなで将棋をすることになった。盤は一つしかないので、ジャンケンで順を決めた。すると順番が後になったSちゃんが「先にやりたい」と言い出し、それをたしなめた兄のFちゃんとの間で争いになった。Sちゃんが負け、結局、最初に決めた順で指すことになり、だれとだれだったか覚えていないが二人が盤を挟み、残り三人がまわりで観戦にまわった。夜に雨戸を閉める、その縁側で将棋盤を囲んだと記憶している。庭と縁側がいつも子どもの遊び場だった。

私たちは将棋盤に注意を奪われていたが、ふと気づくとSちゃんの姿が見えなくなっていた。このあとの記憶にあいまいなところがある。たぶん、みんなで探したのだろう。その夕方だったか夜だったか、現地に両親と残っていた中学生の姉Tさんに連れられてSちゃんは戻ってきたと思うが、その場面の記憶がはっきりしない。確かなのは、Sちゃんが両親のいるところへ一人で歩いて帰ったことである。

私のほうは遊び仲間が増えたと屈託なく迎えたけれど、大災害のあと親元を離れて他家で過ごすのは、一時の疎開とはいえ、Sちゃんには私なんかが思うよりずっと淋しく、悲しいことだったのだろう。ジャンケンの結果とか、仲間同士で決めたことに子どもの世界はリゴリスティックなところがある。でも、ここは順番を譲ってあげればよかった、どうしてそうしなかったかと、これは出来事の後だから気づくことかもしれない……。うかつだった。この出来事によって、子どもなりにSちゃんの気持ちを推し測ることができた。というか推し測ってみるという体験を得られた。

しかし、私は兄のFちゃんの気持ちにまでは思いが及ばなかった。子どもだったなあ。いま思えば、Fちゃんはいわば「居候」の身として、私たち兄弟や私たちの友人Mちゃんに遠慮があったのである。だから、弟のわがままをきつく叱ったのだろう。親のいない他人の家に預けられて、ふたりは身を寄せ合う気持ちでいただろうに、その弟を自分がとがめねばならず、Fちゃんは辛かったにちがいない。SちゃんはSちゃんで、頼りあうはずの兄に叱られ、それまで張っていた気持ちの糸が切れたのだと思う。

高田町からSちゃんの地元へは遠い。市街電車の線路を辿っていったにちがいないが、さぞ心細かったことだろう。地元に近づくにつれ大水害の跡の生々しい風景がひろがってゆき、そこをSちゃんは独りどんな思いで歩いたのだろうか。

伊勢湾台風がもたらしたもう一つの出来事は運動会の中止であった。この年、私の小学校は開校何十周年かにあたり、その記念事業に盛大な運動会を催す計画がたてられていた。一学期から準備がはじまり、九月は練習の日々だった気がする。

なにの練習かといえば、入場行進や組み体操だった。行進は隊列を組んで入場門からグラウンドを一周して朝礼台の前に整列するのだが、それを整然と一糸乱れずにおこなうことが目指された。隊列はコーナーで乱れやすい。一番内側の子どもは足踏みをして待ち、外側の子どもほど早足で大きく弧を描いて歩き横並びのラインが崩れぬようにするのがこつで、そのコントロールがけっこうむずかしかった。練習が重ねられるにつれ、しだいに整然たる行進になっていったが、こういうものは観客の目にはどうあれ、歩いてるほうには別に美しくも面白くもない。組み体操も（少なくとも私には）同様に思われた。

以前、石井桃子の『山の子どもたち』に触れて、運動会が地域ぐるみのハレの場としての遊び性や祝祭性を失い、体育教育の一環のスクウェアな行事になっていったことを述べた。それがすでに始まりつつあったのだと思う。

わが小学校の運動場のはずれは赤土がむき出した急斜面や雑草の草むらや泥池からなる松や雑木の林であった。休み時間の絶好の遊び場になっていたが、この年、やはり記念事業として大々的な工事がなされて「自然観察」のためと称するフェンスで囲われたこぎれいな人工庭園に作り変えられてしまった。よくもわるくも焼け跡的な無秩序の名残をとどめていた学校が、高度成長時代を前に大きく「整備」されはじめたときだったのであろう。

多数の犠牲者が出て復旧のめどのたたぬ学校もある状況に鑑みて開催はいかがなものか、となったのだろう。満を持した運動会は中止と決まり、練習も終わった。とりやめは、せっかく練習したのにと残念などころか、内心うれしかったのを覚えている。『山の子どもたち』に描かれた心躍りするお祭りではもうなくなっていた、そんな運動会を台風は自然の巨力で吹き飛ばしてくれたのである。

大型台風十八号は予想どおり強い風雨とともに本州を縦断したが、伊勢湾台風のような大災害は起こさずに立ち去り、安堵した。翌日は晴れ上がった。しかし、強風のため首都圏の鉄道はＪＲ各線を中心に長時間にわたって運休となり、私も駅で足止めを食った一人だった。

その日の新聞には「二〇〇万人の足に大混乱」といった見出しが躍り、そんなに台風に弱いのかの疑問や批判も耳にした。でも、考えてもみよう。五千人の死者・行方不明者と較べるかぎり、二〇〇万人の足とはなんと微々たる被害であろうか。年に一度か二度、遠い南の海からはるばる訪れる台風に対して、電車をとめるくらいの敬意を払っても決して罰はあたらないと思う。

クリスマスキャロル

診察室では四季折々の話題がでる。この季節になると、患者さんから「クリスマスが嫌い！」という話がでてくることがある。

――街を飾るツリーやイルミネーションも、流れるクリスマスソングも、セールの賑わいも、ケーキも、イヴの団欒も、なにより華やいだカップルたちの姿も、それら絵に描いたみたいなシアワセの風景がむかつく。羨望や嫉妬なんだろうか。そう言われたら否定できないけれど、それだけではないみたい。なんかウソ臭くって、いらいらさせられ、見たくもない聞きたくもない、この日はひたすら部屋に引きこもっている。まあ、ふだんだって引きこもりみたいな生活ではあるけれども

ね……。
というのが、めいめいニュアンスやアクセントの違いはあっても、そうした患者さんたちのおしなべての気分のようである。ああ、そうだろうなあ、と思う。このシーズン、病棟やデイケアのレクリエーションでしばしば催される「クリスマス会」も、患者さんによっては微妙かもしれない。大多数はクリスチャンではないわが国のクリスマスは、聖なき聖夜、どこかまがいの祝祭の色があって、その賑わいもぬくもりも、ある種の虚構性をはらんでいる。むしろ虚構性ゆえに、イベントとして、いくらでも賑やかにもムーディーにも演出自在というところがあるだろう。行ってみたことはないが、東京ディズニーランドのクリスマスイヴなど、まさにそうではないかと想像する。と同時に、そんなところが患者さんの厭うウソ臭さに通じるところであろうか。同じ患者さんの口から「お正月も嫌い」の言葉はきかない。お正月へはクリスマスに対するごとき敵意（？）は語られない。お正月はお正月で「ストレスだ」という患者さんはいるけれど、これはまた別のタイプの方々である。

灌仏会を知らなくてもクリスマスを知らない日本人はいない。キリスト教圏でもないのにキリスト降誕を言祝《ことほ》ぐ日を大きなイベントとするのは、この国だけの奇妙な習俗だろうか。残念ながらほかの国のことを知らない。それとも異教の祭りを祝うのは奇妙と考えること自体、信仰はひとつという一神教的な固定観念で、そのフレームを取り払ってしまえば、これはこれでキリスト教のひとつの受け入れのあり方といえるのだろうか。フランシスコ・ザビエルに始まった伝道史のそれなりの到達点だというように。

中学生の頃、わが家に芥川龍之介の古い全集があって、手当たり次第に読んだうちに『神神の微笑』という短編があって印象に残った。信長の時代、京都南蛮寺で布教をする宣教師オルガンティノの前に、とある春の夕暮れ、この国の霊の一人と名乗る不思議な老人が現れる。老人は宣教師にむかって語りかける。

——キリストの教えをひろめにきたのか。それもよかろう。だが、キリストの神もこの国では我々についに負けるだろう。支那からやってきた孔孟の教えがそうだった。そもそも文字を支那から学んだが、この国の人々は支那語を国語とする代わりに文字のほうをこの国の言葉に合わせて逆に征服した。インドからはるばる伝来した仏教も、本地垂迹でこの国の神々と融合してしまった。古代ギリシャの英雄ユリシーズはこの国に渡って百合若の伝説に姿を変えた。我々の力は壊すところにではなく、造り変えるところにある。キリスト教も、ひろまったあかつきには必ずそうなっている……。

そう言い置いて老人は宣教師の前から消え去る。現代日本のクリスマス風景とは、まさに老人の予言したとおり、この国で造り変わった「キリスト教」の風景とみるべきなのだろうか。

異文化が移入されるとき、土着の文化の浸透が起き、なんらかのかたちで造り変わったものとなるのは一般的な現象だろう。そのかぎりでは、老人の話は必ずしもこの国ばかりの話ではあるまい。老人が語るのは、そうした一般性を超えた強い造り変えの力がこの国の風土には潜んでいるということである。仮にそうした力が潜んでいるとすれば、なにだろうか。

薔薇やオリーブなど西洋植物を植えた南蛮寺の園庭を屈託げに歩むオルガンティノが、それらの木々の間の一本のしだれ桜に立ちすくむ場面から小説は始まる。

> この時偶然彼の眼は、点々と木かげの苔に落ちた、仄白い桜の花を捉えた。桜！　オルガンティノは驚いたように、薄暗い木立の間を見つめた。そこには四五本の棕櫚の中に、枝を垂らした糸桜が一本、夢のように花を煙らせていた。

宣教師はおもわず十字を切りそうになる。夕闇に仄白く煙る桜が彼の目には妖しいものと映ったのだ。「はじめに言葉《ロゴス》ありき」ではじまる聖書世界、論理《ロゴス》に立脚せんとする西欧文明の世界に対して、淡くかつ深い情緒の世界、そのしだれ桜に象徴されるおぼろな情感の世界がここにあって、これが老人の語る「我々の力」だったにちがいない。「我々は木々の中にもいます。浅い水の流れにもいます。薔薇の花を渡る風にもいます。寺の壁に残る夕明りにもいます。どこにでも、またいつでもいます。御気をつけなさい……」の言葉を残して老人は夕闇に溶けるように消えていった。

西欧的なロゴスの世界では、自然は客観的な事物として対象化されてとらえられる。自然科学がその粋だろう。自然とは神が造った事物であり、自然のなかに神が宿っているわけではない。自然はどこまでもフィジカルな物質である。それに対してこの国では、山川草木花鳥風月、自然はたえず主観的な情趣・情感として内面化されてとらえられる。自然とはどこまでもメンタルな情景で、いうなればそれがこの国の「神」（あるいは「霊」）である。木々や水の流れや風や夕明かり。それら自然のなかにこの国の神はどこにでもいつにでも遍在しているのだ。ロゴスよ、その力をあなどるなかれ。老人が宣教師に語り置いたのは、そういうことだったと思う。

論理的《ロゴス》に考えれば、信仰もないのにリースやツリーを飾ったりメリークリスマスと祝ったりするのは非合理きわまりないとする理屈が正しい。しかし、この国の人々はキリスト降誕の祝いを、ツリーやキャンドルの醸しだす欧風な情趣を理屈なく味わう冬の風物詩へと造り変えたのだ。そのように「我々の力」は働いているというのが、老人の語るところである。

河合隼雄先生が講演で子ども時代のクリスマスの思い出を話されたことがあった。正確にはクリスマスというよりサンタクロースの思い出である。

河合家ではクリスマスにはサンタがやってきて子どもたちが寝てる間にプレゼントを置いてゆく。子どものもつ疑問、サンタはほんとうにいるのだろうかの疑問が隼雄少年にもある。だからサンタを見張っていようと思うが、どうしても眠ってしまう。というか、眠ってからしかサンタは来ない。そこで、サンタが来たらわかるように廊下や戸口に紐を張っておこうとか、父親も一緒になって兄弟みんなで知恵を絞りあれこれ作戦を練った。その父親が怪しいふしもある。もしかして父親がプレゼントを用意して自分たちが眠るまでどこかに隠してあるのではないかと兄弟で家捜しをしてみた。しかし見つからなかった。そんな話を河合先生は語られたのである。

兄弟で家じゅうをくまなく捜したのだけれども、あとから振り返ってみると、一カ所だけ調べない戸棚があった。なぜだかそこは見逃していたというのが、話のポイントだった。サンタクロースとは、親子間の親和的なひそかな共謀によって家族のエロス的な世界に「実在」するものなのだと思った。この思い出話を語るときの河合先生の口調が実に楽しげで懐かしげだったのをいまも忘れない。

クリスマスとサンタクロースとが切っても切れないものとなったのはいつ頃からだろうか。ザビエルやオルガンティノの時代には、サンタもトナカイもいなかったにちがいない。煙突から入ってきて靴下にプレゼントを入れてゆくサンタクロースの登場は、たぶん、現在私たちが一般にしている家族形態、つまり近代家族が成立して以降の話だろう。しかし、サンタの存在なくしては、クリスマスがこれほどこの国に定着することはなかったと思う。イエスやパウロは知らなくてもサンタクロースを知らない子どもはいない。朝起きたときのわが子の笑顔がみたい親の思いが、この西欧の祭りをこの国の個々の家庭に根づかせたにちがいない。

ものごころついて最初のサンタクロースのプレゼントがなにであったか、私はいまでも覚えている。幼いころ、入浴のときかならず湯船に浮かべて遊ぶものを手にお風呂にはいった。かまぼこの板とか、そういうもので「浮かべもの」と自分たちは呼んでいた。クリスマスの朝、枕元にあったのは「浮かべもの」のセルロイドの鯉だった。弟のほうは金魚だったか。

このときの講演だったかどうか、河合先生の次のような話も覚えている。子どものこころはなにに護られているかといえば、西欧の子どもたちは神によって護られ、それに対してわが国の子どもたちは自然によって護られている。いや、「護られている」ではなく「護られてきた」という言い方だったかもしれない。

ヨハンナ・スピリの『ハイジ』を子どものころ読まれた方は少なくないだろう。今はTVアニメで観た世代が多いかもしれない。『ハイジ』のなかには「神さまがお護りくださいますよう」「神さまがいつかきっとかなえてくれる」といった言葉が要所にでてくる。神のご加護を、といった類の言い回しは慣用的挨拶に近いものかもしれないが、西欧の子どもたちは幼い頃から折に触れそうした言葉を掛けられつつ育まれるのであろう。子どもが「神によって護られる」とはそういう意味だろうかと、河合先生の話を聴きながら考えた。

子どもは具体的・生活的には養育者によって護られている。しかし養育とは、チャイルドアビューズみたいな極端な例をだすまでもなく、必ずしも安定していたりすこやかに満たされていたりとはかぎらぬのが世の定めである。でも、たとえそうであっても、個別的な境遇を超えた何か大きな存在があって、それに自分は護られている感覚がどこかにあれば、子どもはそれを力に生きられるかもしれない。西欧では、「神」という言葉《ロゴス》がその力となってきた。『ハイジ』に描かれているのは、そのような敬虔素朴な信仰の姿だった。それに対して、この国では個々人を超えた自然の大きな懐が子どもたちを包み護ってきた。兎追いしかの山、小鮒釣りしかの川といった情感的な世界としてある自然の懐である。

現在でも、西欧の神やこの国の自然は子どもたちを護る力を持ち続けているのだろうか。どちらも危うくなっていなければさいわいだけれども、うーん、どうであろうか。

ディケンズの『クリスマスキャロル』を読んだのは高校生になってからで、『神神の微笑』よりも後だった。いささか屈折した高校生だった私は、吝嗇と偏屈に凝り固まっていた老人がクリスマスの精霊の力によって一夜で善人に立ち戻り、クリスマスをこころから祝い、かつ楽しむ者になるなんて筋書きには感心しなかった。話をおもしろくするためにも、もう少しがんばって吝嗇と偏屈を貫いて欲しかった。雪道に馬車の轍の跡が交錯してそれが泥で黄色く汚れている情景の描写があって、そこがなぜか印象に残った。

主人公の老人、スクルージはやっぱり「クリスマスが嫌い！」という人物で、おめでとうを言いにきた甥やクリスマスキャロルを歌う少年やクリスマスの助け合い募金に訪れた紳士らをけんもほろろに追い返す。祝ったところでなんの得になろうか、こんなもののなにをめでたがるやら気が知れんわい、貧乏人の馬鹿者どもめ、とばかりに不機嫌きわまりない。

そのイヴの夜、もちろんイヴらしいことなど何一つせずベッドにもぐりこんだスクルージの前に、何年も昔に死んだ共同経営者マーレーの幽霊が現れ、このままでは自分と同じ運命だと警告する。幽霊は生前に吝嗇や非情さを示すごとに長さの伸びた太い鎖を身体に巻きつけた姿で、その重さに足をひきずっている。ロゴス的世界の幽霊だけあって、ぼうっとかすんで足のないこの国のおぼろな幽霊に較べ、きわめて論理的な姿かたちである。

『クリスマスキャロル』には、十九世紀半ばの英国のクリスマス風景がいろいろに描き出されている。けれども、サンタクロースや枕元の靴下は出てこない。やはり、ずっと新しいクリスマスアイテムなのだろう。過去・現在・未来の三人の精霊が順にやってくるが、強いていえば二番目の「現在のクリスマスの精霊」の雰囲気が、私たちの知っているサンタクロースのそれに近いかもしれない。

今回、昔読んだきりだった『クリスマスキャロル』を読み返してみた。自分自身けっこう偏屈だった高校生時代とちがって、いまはもう少し素直に読める。素直に読めば、これはまさに題名どおりのクリスマス賛歌だとわかる。キリスト降誕を祝う日、労苦を抱える人たちも貧しい人たちも、だれもがこの日一日ばかりはふだんより明るく陽気に過ごし、ふだんより親切で寛容にふるまい、そうあることのこころの贅沢を楽しみ味わう。それがクリスマスで、その歓びにあふれた浮き立つムードを描いたのが、この小説だった。

クリスマスは嫌い！　と語る患者さんを、ディケンズの描く精霊みたいに一夜にして好きにならしめる力はもちろん私にはない。いつごろから嫌いになったかとか、子ども時代、どんなサンタクロースの思い出が残っているかとか、そんなことをそっと尋ねるくらいのところまでである。だれでも嫌いでたまらないものの一つや二つはあって、それはかまわない。そのことが過度の生き辛さを強いていないかぎりは。

『ハイジ』はアルムおじいさんの、『クリスマスキャロル』はスクルージの、どちらも信仰回復の物語という読み方もできる。とりわけ『ハイジ』では、神にも世にも背を向けて山上にひきこもりをしていたアルムおじいさんにハイジとの関わりから回心が生じる過程が、ひとつのストーリーラインとなっている。それにならえば、そうした患者さんにとって、それぞれ、なにの「回復」が生きやすくなる道につながるかを探るのが、きっとポイントだろう。

冬期オリンピックに

バンクーバーの冬季オリンピックが始まった。夏季と冬季が交互になってからは二年に一度のサイクルで、なんだか始終オリンピックみたいだ。さあ、金メダルをいくつといったメディアの胸算用にはなじめないものの、けっこう観戦している。この忙しいのにと思いながらついうかうか観てしまうので、この原稿は、はなはだ締め切りに危ない。

オリンピック中継の最初の記憶はメルボルン大会（一九五六）で、もちろんラジオだった。海外からの放送は、電離層の具合に影響されるせいか、大きくなったり小さくなったりうねるように音声が波をうち、しかもザーザーピーピーと雑音まじりで、肝心なところが聞き取れなかったりし

た。しかし、地球の反対側の実況が生で聴けること自体が感動で、音声の不安定さにいかにも異国からはるばる送られてくる実感があってよかった。聴いたのは水泳の実況中継だったと思う。

それがいまやハイビジョン画面で、目の前で観戦しているも同然の鮮やかな画像で競技を見物できる。細部まで舐めるように映像化され、それが繰り返し繰り返し放映される。まさに隔世の感があるけれど、このテクノロジーの変化が現在のオリンピック競技のあり方を決定づけている。


冬季オリンピックの特色は、その名のとおり冬の季節に彩られているところだろう。雪や氷のスポーツで、その意味での高い技術性が問われる。からだひとつのわざではない。スキーやスケートは転んでばかりの私みたいな運動音痴からすると、どの競技をみてもまるで神技のようだ。それでつい観てしまうのだろうか。

フィギュアスケートのジャンプなど、私が生涯かけたとしても四回転はもちろん一回転も無理だろう。カーリングのブラシでこする仕事（？）だけなら、まあ、なんとかできる気もしないでもないけれど、あれも五輪に出られるレベルに届くにはきっと見かけ以上のわざと訓練がいるにちがいない。

ハーフパイプの選手のバンクーバーへの出発時の服装が物議をかもし、それで「腰パン」と呼ばれるファッションスタイルがあるのだと知った。そういえば街角で見かけたことがある。入村式への参加は自粛、記者会見まで開かれた。会見における選手の忌々しげに舌打ちするような態度がさらに不興を買った。確かに顰蹙ものの振る舞いかもしれない。でも、なにかといえば当事者や関係者がテレビカメラに向かって深々と低頭するシーンばかり目にさせられるこのごろ、ちょっとした驚きで、むしろ新鮮だった。

興味がわいてハーフパイプを観たが、やはり私の目には神技で、なんであんなわざがこなせるのかと驚く。勇気もいるだろうし、資質もさりながら、並大抵でない修練に修練を重ねてきたにちがいない。不正を働いたわけでもないただのファッションに目くじらをたてる人々を黙らせてよいだけの値打ちはあると思った。

優勝二十五回の横綱が、かねがね品格のなさが取りざたされていたけれど、とうとう暴力事件をきっかけに引退に追い込まれた出来事があったばかりである。この出来事が今回の身だしなみ事件の素地をなしたのであろうか。スポーツ選手の品格問題である。なるほど、そのスタイルも、会見での態度も、品格あふれる姿とは言いがたい。

しかし、スポーツは、それぞれの歴史的・文化的な背景によって固有のマナーやスタイルをもっている。サッカーでゴールを決めた選手がガッツポーズをするのはあたり前である。野球でも逆転ホームランを打った打者はガッツポーズをする。しかし大リーグではガッツポーズは相手投手への侮辱とされ厳禁である。品格問題になったように大相撲でもガッツポーズは礼節を欠くものとされる。ラグビーやゴルフは元来はエリートのスポーツで、その伝統から、「紳士」の品格を保つこと、フェアプレイ精神が重要なスタイルとなる。競技者だけでなく、観客もたとえばサッカーのサポーターとゴルフのギャラリーとではマナーが異なる。タイガー・ウッズの面目が大失墜したのは、プロゴルファーだったことも大きいのではないか。もしプロレスラーだったらこうまで大騒ぎになったろうかと問うたら、プロレスに対して失礼にあたるだろうか。

スノーボードも、そう述べたからとて失礼にはならないと思うけれども、いわゆる「紳士のスポーツ」とは肌合いがちがう。スキーやスケートとは伝統がまったく異なり、というよりむしろ反伝統的なつっぱったあり方をスタイルに育ってきたスポーツではないかと思う。ハーフパイプの選手はそのスポーツスタイルを貫いて、いざバンクーバーへの出陣の装いとして「腰パン」を選んだのだろう。そこにある種の矜持をみることもできる。横綱にガッツポーズがふさわしくないのなら、スノーボーダーにスクウェアな着こなしもふさわしくない。メダルには届かなかったが、それは時の運で、臆することなく超絶的なわざに挑んでみせてくれた。それでよいのではないか。今日のオリンピックは、そういうお祭りなのだと思う。

もしこれがオリンピックでなければ、そのファッションもこれほど問題にならなかったかもしれない。オリンピック選手団の一員、日本の「代表」としてその恰好は、の声が強かったのだろう。とはいえ、全員がお揃いの制服で身をかためて飛行機に乗り込むこと自体いささかことごとしく、時代遅れの印象を受けなくもない。

クーベルタン男爵が近代オリンピックを構想したとき、選手は国を背負った「代表」としてではなく、私的な「個人」として競技をする大会を考えていた。彼はオリンピックの参加者をアマチュアにかぎり、このアマチュアリズムはブランデージIOC会長の時代まで続いた。スポーツで収入を得ていないこと（生活の糧としていないこと）がアマチュアの条件とされるけれど、アマチュアの本質は収入の有無ではないと思う。「アマチュア」とは、まったく私的な行為としてそれをする人のこと、つまり「私人」たることを意味するものである。たとえ国同士は対立していようが、そのような私人が国境を越えて集まり競い合う大会こそがクーベルタンの想い描いたオリンピックであった。

事実、第一回のアテネ大会（一八九六）では国旗を掲げた入場行進などなかったし、庭球のダブルスでは国籍を超えたペアが組まれた。現在でも「選手間の競争であり、国家間の競争ではない」の文言がオリンピック憲章に明記されている（それでいて表彰式で国旗掲揚をし国歌を流すのは矛盾だが、憲章上は国内オリンピック委員会［NOC］がそれぞれ選んだ旗と曲を使っているだけという理屈だろう）。おそらくアテネ大会の頃は旅費や宿泊費もほとんどが個人の私費だったのではあるまいか。着てゆく服も自前（私服）で、もちろん服装のいかんをとやかく言う者などいなかったにちがいない。

けれども、クーベルタンの想いやオリンピック憲章がどうあれ、国際競技はナショナリズムを呼び込まずにはおかない。オリンピックでも、第四回のロンドン大会（一九〇八）からは開会式で国旗を先頭に入場するようになった。選手たちは、まったき私人ではなく、国旗のもとに参加する者となったのである。早くもこの時点でアマチュアリズムの一角が崩れて、後の「ステーツアマ」の登場を準備したといえる。国が国威発揚を狙ってナショナリズムを積極的に押しださせる面もないわけでなかろう。ベルリン大会（一九三六）が端的な例だった。しかし、スポーツ競技におけるナショナリズムには、そうした政治的理由とは別個の、もっと心理的な理由があると思う。

スポーツ競技を観るとき、特定の選手なりチームに肩入れをしながらのほうが観戦に身が入る。選手（チーム）に同一化することで競技に入り込めるためだろう。はっきり言って、そういう入り込みなしで、ただ観ているだけで楽しいほどには多くのスポーツは面白くできていない。本質はみせるものではなく、やるものだからだ。そこが映画や演劇とはちがう。観戦には肩入れが必要で、どの選手（チーム）に肩入れするかは自由だが、ふつう、なんらかの「関係の意識」をもてる相手がおのずと選ばれる。地元だとか、出身校が同じとか、顔をよく知っているとか。

だから、そうした関係の意識がもてない場合は、私たちはその競技自体に興味を抱けない。どこのだれとも知らぬ選手ばかりが走るマラソンを二時間観戦する者がいるだろうか。いるとすれば少数の熱列なマラソン愛好家だけで、彼はマラソンそのものに強い関係の意識を抱いているので肩入れの対象がなくても観られるのである。一般にはそうはいかない。

この肩入れが深いほど、同一化の心理は強まる。選手（チーム）の体験をわがことのように体験する心理である。とはいっても競技のわざそのものに同一化するのはむずかしい。もっとも同一化できる体験は競技の結果、つまり勝敗だろう。チームの勝敗にどれほど一喜一憂するものか、Ｊリーグやプロ野球ファンをみればよくわかる。本来やって楽しむスポーツが見て楽しめるためには、多かれ少なかれ、こうした心理メカニズムを必要とするのである。

オリンピックのような国際間のスポーツ競技でも、もちろん同じ心理メカニズムがはたらく。この場合、どの選手（チーム）に肩入れをするかは単純明快である。関係の意識を強く抱けるのは当然ながら「自分と同じ国」の選手であり、私たちは格別のナショナリストならずとも、自国選手、自国チームに深く肩入れして応援する。あるいはそのときだけは「ナショナリスト」になる。これが国際競技におけるスポーツ観戦の自然的な態度だろう。観客席で「ニッポン！　ニッポン！」と連呼したりほっぺたに日の丸を描いたりしているのは、そういう人たちにちがいない。

ちなみに、顔にペイントして応援に熱中する若者たちのファッションも「腰パン」のファッションも、私などの目にはさほど差異なく見える。そんな格好はわが国の恥だから観客席からつまみ出すべきだ、と考える人たちもいるのだろうか。

いくら憲章で「選手間の競争」をうたっても、以上に述べたスポーツ観戦の心理メカニズムの必然で、大多数の観衆にとってオリンピックは他国とのメダル争い、すなわち「国家間の競争」の色を帯びたイベントとなるのである。観衆がその色に染め上げるといってもよい。それを脱色してしまったら、国際競技は盛り上がらないだろう。

オリンピックも興行で、多数の観客を得てその支持がなくしては続けられない。ナショナリズムを切り離して個人（私人）の純粋なわざ競べに徹したら、スタジアムには根っからの愛好家しか集まらないだろう。経費の捻出もむずかしい。十九世紀、スポーツが裕福なエリート階層の私的な占有物に近かった時代なら自前持ち出しの開催もまだなんとかできたかもしれないが、スポーツの裾野が広がるにつれて不可能になった。クーベルタンは私財を投じ続けて、晩年はすっかり貧窮したという話もあるくらいである。社会主義国のステーツアマのような丸抱えはともかく、国からの支援がなければまかないきれぬだろう。となれば、憲章はどうあれ、国旗や国歌なしにゆかなかろう。

「ニッポン、ニッポン」の応援コールも、あからさまなほど自国に肩入れをした実況放送も、国際競技で必然的に生じる観戦態度だろう。観客がもっとも同一化できるのは勝敗だから、勝ってメダルが取れるか、いくつ取れるかが関心事となるのも当然といえる。そうしたナショナリズムの色を帯びたお祭りを楽しむのがオリンピックで、それはそれでよい。ただ、ナショナリズムはややもすれば偏狭さや自己中心さへ傾斜しやすいところへの冷静な自覚もいるかもしれない。

有名なオリンピックの格言「勝つことではなく参加することである」は、昔のように耳にしなくなった気がするけれど、勝てないときの負け惜しみではなく、もともとはナショナリズムの過熱を諌める言葉だった。第四回ロンドン大会で、その過熱から激しい対立とボイコット騒ぎが起き、それに対してロンドンのセントポール教会の司教が選手たちに説いた言葉だったという。ナショナルな感情がからむとつい勝ち負けにむきになる。それこそ品格ある態度とはいえない。この格言が生まれたのが、まさに国旗を掲げた行進の始まった第四回大会だったのは示唆深くなかろうか。

選手（チーム）にめいめいの想いをもって好き好きに肩入れして競技を楽しむのは観客の特権である。そこで観客が競技に求めるものは「感動」だったり「勝利感」だったり、選手に求めるものは「英雄」だったり「アイドル」だったり「自分たちの代表者（同一化対象）」だったり、さまざまだろう。現代のテクノロジーは、そのような観客の数を膨大にふくれあがらせている。

これは観客の特権ではあるけれども、選手には選手の想いがあろう。メダルの数を競ったり、日本代表の自覚をもった服装をといったナショナリズムをはらんだ発想は観客の側のもので、選手の想いはやはり競技者として純粋に力を試したいところにあると思う。あえて口にはださないとしても、国旗を背負ってそれのために競技をしたいわけではないのではあるまいか。ハーフパイプ選手は、それを態度で示したのである。そういえば今回のオリンピックでは、競技のペアを得るためにあえて国籍まで変えた選手もいた（アテネ大会だったら、そうしなくてもペアが組めたはずなのに）。

クーベルタンが想い描き、憲章に残された「国家間の競争ではない」という近代オリンピックの理念は、競技者のなかにこそひそかに生き続けているかもしれない。

たけくらべ

年度があらたまり、新学期の授業が始まった。これは教員共通の悩みかもしれないけれども、例年同じ内容の講義を繰り返していると新鮮な感覚が薄れてくる。毎年、別のテーマで講義ができればよいけれど、カリキュラム上そうもゆかない。学生のほうは毎年替わるのだから、同じでかまわないようなものだが、話し手に新鮮さがもてない授業が聴き手におもしろい道理はない。娯楽ではないので、おもしろおかしくある必要はないとはいえ、せっかくなら知的な意味で活きた刺激をはらんだ授業であれたら、うれしい。

講義ノートを用意して授業をするのをやめて随分になる。おおまかな構想だけ頭に描いて、あと

は学生の顔や様子をみたり、やりとりをしたりしながら、そのときその場の流れや思いつきで進めてゆきたい。新鮮感を維持しやすくなる。話しているうちに発見に出会えるし、その場で考えてゆくスリルもある。

問題は、文科省の規定では、どの講義もあらかじめ「シラバス」なるものを作り、それに従って授業をする決まりになっていることである。耳なれない用語で、「授業計画」とかふつうの日本語で呼ばぬのはなぜだろうか。授業の目的や方法をはじめ、授業内容を第一回目から最終回まで各回ごと記した計画表を年度前に提示しなければならない。それが学生へのサービスと文科省は考えているふしがあって、詳しいシラバスが整っているかどうかが大学評価の対象となる。でもこれは、教えたり学んだりの営みを、まるでビル建設や自動車の組み立てかのようにとらえた発想である。詳しい設計図と工程表をあらかじめ作成して、そのとおりに実施せよと言うが、およそ無理な相談かと私は思う。そんな授業がほんとうに学生の益になるだろうか。学生はビルや車ではない。

どんなテーマで授業をするにせよ、学生や院生には他学部からの入学者もあれば編入学者もいる。社会人もいる。同じ学部でも選択科目によって学んできたものに違いがある。つまり、経験も予備知識も関心のあり方や目的意識も多様な受講生を前に授業をしなくてはならない。だから一回目の授業でそれらをリサーチして、そこからその先を構想したほうが理にかなう。授業とは、現に受講している者との相互的な共同作業によって進めるのが一番よいと思う。シラバスの発想は逆で、授業から相互性・創造性をなくし、いわば「あてがいぶち」のサービスとするもので、非実際的なうえ、学生たちをずいぶん子ども扱いしていないだろうか。

というわけで、あまり大きな声ではいえないけれども、シラバスに必ずしもこだわらない（いや、ほぼ無視した）授業を今学期もはじめた。学生たちと合意のうえでだが。

リサーチをすると、臨床心理学系の授業では、具体的な臨床事例の話を聴きたいとか事例を通して教わりたいとのリクエストが多い。しかし、生身の事例を授業で具体的に語るのは、プライバシーや個人情報保護の観点から控えたい。すでに刊行されている事例、たとえばフロイトの有名な症例などを紹介すればそこはクリアできる。ただ、貴重な古典ではあるが、それだけに内容が難しい。

今年度の発達心理の演習授業では、シラバスにはなかったけれども、小説を素材にして発達の心理臨床を考えてゆくことにした。人間のこころ模様をとらえることにおいて、心理学者や精神医学者より文学者のほうがずっとプロで、そこから学ぶことが多いと私は思っている。

医学生時代、ゲシュタルト心理学の研究者、生田博之先生の心理学講義を受けた。むろんシラバスなどなかった時代で、でも、なんの不便もなかった。その授業はアトラクティブで熱心に聴いた。しかも生田先生は、カリキュラムとは別枠で、希望する学生に心理テストの実習授業を自主開講してくださった。将来心理学科の教員になろうとは夢にも思っていなかったが、ロールシャッハテストをはじめ各種心理検査の基礎的な概念と実践をここで学べたのは実にさいわいだった。

その生田先生が、授業で小説の一節をいくつか抜粋してきて読み上げられたことを懐かしく思いだす。その一節とは、たとえば「彼は背中に鋭い視線を感じた。ふりかえった彼は……」といったたぐいの心理描写で、こういう現象は心理学的にありえない、なぜならというところから、知覚心理学の話に入っていったと思う。

それはもちろんそのとおりだが、逆にいえば、心理学は知覚とか記憶など、こころの働きの要素的な部分を取り出して究明するのが仕事で、人間関係のなかで生起するこころの総体的な動きをとらえるには向いていないとも言える。臨床心理学の場合も、心理失調や病理現象の究明と治療が仕事で、その意味でやはり狭い。そこを埋めるべく優れた臨床家はしばしば文学の世界から多くのものを汲み上げている。フロイトがそうだったし、日本でも土居健郎、河合隼雄など一流の人たちはみなそうである。

演習授業では、エリック・エリクソンの発達論を学んだ学生や思春期・青年期に関心という学生が少なくなかったので、樋口一葉の『たけくらべ』（一八九六年）を最初の「事例」に選んでみた。読むなら名作でなければ。この小説は、以前にも大学院の授業で院生たちと一緒に半年かけて読んでみたことがある。

『たけくらべ』はふつう、主人公の美登利と信如とのはかない恋が主題とされ、タイトルもそれを示唆しているけれども、それに尽きない。登場する子どもたち、二人に加えて長吉、正太郎、三五郎、あわせて五人。その一人ひとりのこころ模様がていねいに描き分けられており、それぞれがおとなに向かってゆくさまが季節の移ろいに重ね合わされている。春の大運動会はすでに済み、華やかな夏の祭礼も終わり、秋の賑やかな酉の市も過ぎて気がつけば霜の季節となり、めいめい子どものままではなくなっているのである。主題は美登利と信如との「わかれ」ばかりではなく、登場人物たちの「子どもの世界」からの「わかれ」のような気がする。読後に残る淡い切なさ、寂しさには、その別れの切なさ、寂しさが重なり合っている。この「わかれ」を「成長」とか「発達」と呼んでいるわけだけれども。

五人を見較べながら、子どもはどうおとなに向かってゆくのか、その過程は子どものどんなこころ模様としてあらわれるのか。大学院ではそれを考える授業となった。一葉の最晩年、二十四歳の作品で、考えれば多くの院生たちとさほど年齢差はない。そこにまず驚く院生もいた。

『たけくらべ』では、子どもからおとなへのわかれは一年のうちに凝縮されている。小説作法としてドラマティックに凝縮されているというだけでなく、実際に子どもからおとなへの移行期がはるかに短かかった時代だったにちがいない。わかれは現代よりもずっと早く、しかもずっとくっきりしたかたちで訪れた。今日ではわかれが緩やかであいまいになり、それだけに切なさも消えている。にもかかわらず、というよりもそれゆえに「おとなになること」に現代固有の困難が生まれているかもしれない。

こうした時代による変化は、こころの発達がいかに社会的なものかを教えてくれる。「廻れば大《おほ》門《もん》の見返り柳いと長けれど、お歯ぐろ溝《どぶ》に燈火《ともしび》うつる三階の騒ぎも手に取る如《ごと》く、明けくれなしの車の行来《ゆきき》にはかり知られぬ全盛をうらなひて、大音寺前と名は仏くさけれど、さりとは陽気の町と住みたる人の申《まを》し」の書き出しに始まり、子どもたちの暮らしの場である吉原遊廓界隈の風物やそこで生きるおとなたちの姿を、一葉はビジュアルに描きだしている。そうした「おとなの世界」のなかで子どもはおとなになってゆくのだから、そのおとなの世界の構造に心理発達は大きく左右されるのである。

『たけくらべ』の時代と現代とでは、「おとなの世界」はどう変わっただろうか。この変化が「わかれ」の姿の大きなちがいの背後に潜んでいる。

今回は学部の授業で、若い学生からどんな読み方や感想が出てくるのか、そこに楽しみがある。授業では「吉原遊廓」とはいかなるところか、長吉の父親の「鳶《とび》の頭《かしら》」とはどんな職業か等々の解説が必要になる。正太郎の家の家業だった質屋もすでに知らない学生も少なくない。私も廓《くるわ》などまったく知らない世代だが、子どもの頃から落語や人情噺をよく聴いていたので、そこから廓の空気みたいなものは学んでいる。「学ぶ」というのもおかしいけれど。落語には「廓噺《くるわばなし》」と呼ばれるジャンルがある。寄席の客も遊廓を知らなくなっているので、廓噺では噺家は枕でそのシステムや廓遊びの機微について語り、「こんなこたあ、学校じゃ教えちゃくれません」と笑いをとった。鳶の頭も、落語にはおなじみの登場人物である。

授業に備えて『たけくらべ』を読み返してみた。大学院の授業でくわしく読み込んだつもりでいたのに、再読すれば新しい気づきや考えたいポイントが出てくる。文学は、あらかじめ正解があってそれを見つけたら終わりの世界でないためだろう。臨床心理学もそうだと思う。人生がそうなのだから。

再読で気づいたポイントは授業にとっておきたいので、ここではストーリーと直接に関わりのないものをひとつ取り出してみたい。

入谷《いりや》ぢかくに育英舎とて、私立なれども生徒の数は千人近く、狭き校舎に目白押《めじろおし》の窮屈さも教師が人望いよいよあらはれて、唯《ただ》学校と一《ひ》トロ《くち》にて此《この》あたりには呑込みのつくほど成《な》るがあり、通ふ子供の数々に或《あるひ》は火消鳶人足《ひけしとびにんそく》、おとつさんは刎橋《はねばし》の番屋に居るよと習はずして知る其道《そのみち》のかしこさ……

美登利たちの通う学校、育英舎の描写で、火消し人足や鳶人足の子どもなど、社会的に下層の貧しい家の子がもっぱら就学していることがわかる。育英舎は「私立」の学校である。これに対して質屋の跡取り息子の正太郎のような裕福な階層の子は「公立」の学校に通っている。そして、私立に通う長吉たちのグループ（横町組）と公立へ通う正太郎たちのグループ（表町組）との対立があり、はからずも信如と美登利はその対立に巻き込まれ、そこから物語が動きはじめる。私立と公立の関係が今と逆だったのはなぜか。しかも「生徒の数が千人近く」に驚かされる。この時代にそんなマンモス校があったとは。

気になって、このたび考えてみた。学制がしかれ義務教育が始まったのが明治五（一八七二）年で、この物語は明治二十年代だろう。学制は公布したものの、インフラとして学校設置は大変だったにちがいない。校舎を造るにも財政困難で、寺院や民家を転用して学校にすることが多かった。教員養成もコストと時間がかかる。江戸時代に寺子屋がたくさんできて、幕末にはずいぶん普及していた。そこで、たぶん、急場しのぎにそれまでの寺子屋を学校の代替としたのではなかろうか。寺子屋なら「私立」である。

当時の公立小学校は、義務教育とはいえ受益者負担で学費がかかった（無償化は明治三十三年から）。当て推量だが、公立の学費よりも寺子屋を前身とする私学のほうがずっと安かったのではあるまいか。私立なら料金設定は自由で、寺子屋のならいで貧家からは多くとらなかったのかもしれない。下層の子どもたちが私立の育英舎に集まったのはこのためと考えれば説明できる。学費がまかなえる子どもたちは正規の公立に学び、寺子屋あがりの私立を見下す雰囲気もあったにちがいない。

それにしても「千人近く」の生徒とは、どういうことだろう。就学率推移のグラフを眺めて、答えがみつかった気がした。就学率は明治二十一年に四五％、それが三十三年には八一％を超す。実人数もほぼ倍増している。この期間、うなぎ昇りに急増する就学者数に学校や教室の増設が追いつかなかったのではないか。そのため膨大な学童数を抱えて「狭き校舎に目白押」の学校が出てきたのかもしれない。こうした無理を引き受けるのは私立の学校だったろう。

本筋とは関係なくても、こうしてあれこれ推理するのも読む楽しみのうちだし、心理学といえばこころの内側に目が向かいやすいが、外側に目を向けるのも大切である。

子どもの頃に読んだ作者も題名も覚えていない短編がある。明治時代の小学校が舞台で、およそ次のような筋だった。

「わたし」の通う小学校は古い農家を校舎代わりにした小さな学校で、一人の先生が全学年をまとめて教えていた。全員の机が部屋に入りきらないため、自分たち高学年は室外の以前は厩《うまや》だったところに机を並べ、そのため厩組と呼ばれていた。教師の桜井先生は薄くなった髪をいまだに丁《ちよん》髷《まげ》に結っており、親の話では維新前は相当の武士だったらしい。が、自分たちにはちんちくりんのただの老人にしかみえなかった。唱歌の時間は全学年一緒に合唱する。「青葉茂れる桜井の」という学校唱歌が、そんなときの定番だった。

青葉茂れる桜井の
里のわたりの夕まぐれ

木《こ》の下蔭に駒とめて
世の行く末をつくづくと
忍ぶ鎧《よろい》の袖の上《え》に
散るは涙かはた露か

「桜井の訣別《わかれ》」
作詞：落合直文
作曲：奥山朝恭

あるとき厩組の一人が「……桜井の、里のわたりの夕まぐれ」のところを「……桜井の、里のわたりのはげ頭」と替えて歌った。仲間内でこれがうけて、いつしか厩組はみんな「はげ頭」と歌うようになっていた。厩は離れているし、大勢の合唱に紛れて遠くなった先生の耳に届く気づかいはなかった。

なにかの記念行事の折、桜井先生は父兄をはじめ大勢の前で槍術を披露した。凛然と槍を操るふだん見ない桜井先生の雄姿に「わたし」は瞠目した。やがて卒業し、何年か後、元厩組の同窓会に桜井先生をお招きした。会の終わり、先生の提案でいつも歌った「青葉茂れる」の合唱になった。うっかり替え歌が出そうになり面々がまごつくのを尻目に、桜井先生は涼しい顔で「里のわたりのはげ頭」と歌うのだった。実はちゃんと聴かれていたのである。

「青葉茂れる」の唱歌ができたのが明治三十二年だから、これはそれより少し後の話だろう。明治三十五年に就学率は九〇%を突破している。財政の苦しい地方では、実際、厩までも教室にして学童を詰め込まねばならぬ状況も起きたのだろう。子ども時代に読み、なぜかこころに残っていた小説が、思いがけぬところで『たけくらべ』と繋がって私はうれしかった。

さて、そうなってみると作者や題名があらためて気になるし、できればもう一度読み返してみたい。ご存じの方はいらっしゃらないだろうか。

後註：まもなく読者から千葉省三の『仁兵衛学校』という作品と教えられ、コピーまでいただいた。おおむねは記憶どおりだったけれども、同窓会の席でというのは私の記憶違い。厩組の面々の卒業と同時に桜井先生も退職で、そのわかれの卒業式での話だった。学校制度の整備が進むにつれ、厩転用の教室も断髪令後も丁髷を捨てない教員も過去のものとなっていったのだろう。

はやぶさ

七夕が近づくと、なんとなく星空や宇宙が懐かしくなる。

小学生の男の子とって、星や宇宙の本はしばしばバイブルになる。私にもそんな一冊があって、大事にしていたがいつか手元から消えて、書名も忘れてしまった。著者名だけ覚えていて野尻抱影。その頃は天文学者とばかり思っていた。英文学者ですぐれた文章家、大佛次郎の兄にあたる人だと知ったのはずっと後のことである。

書名は思い出せなくても内容は覚えている。恒星の光が地球に届くまでに何年もかかるという話があって、おりひめ星（織女星）はノモンハン事変の頃の光だという記述が挿絵つきであった。戦

後の小学生がノモンハン事変を知るわけもなく、それでかえって記憶に残ったのだろう。ノモンハン事変は一九三一年。織女星は地球からおよそ二五光年だから、一九五六年頃の文章だと推定できる。野尻抱影の著書リストにあたると『宇宙のなぞ』（偕成社、一九五六年）があった。この本だったのではなかろうか。きっとそうだ。

六月十三日、小惑星探査機「はやぶさ」帰還のニュースに接した。

ご存じの方も多いと思うが、この探査機にはいくつもの新機軸があった。一つは長期間の稼働に耐える新型のイオンエンジンを開発して、その推進力で宇宙空間を自力で航行できる宇宙船だったことである。

野尻抱影の本だけでなく、宇宙を舞台にした子ども向けの空想冒険小説をよく読んだ。H・G・ウェルズの『宇宙戦争』（最初、漫画で読んだ）は別格として、たいがいは荒唐無稽な内容でストーリーがちゃんと記憶に残っているものは少ない。たとえば、タイトルにつられて買った『魔の衛星カリスト』という小説は、木星の衛星カリストに着陸した探検隊が生い茂る触手に襲われて逃げ帰るという話。このように探検隊による宇宙探検の話が多くて、無人探査機の話はなかった。まだ夢だった時代の想像と、現実化したときのかたちは大きく違うものなのだろう。アポロ11号の月面着陸も、空想小説によくでてきた「月世界探検」とは趣が異なっていた。「探検」というより「登頂」に似ていたし、よもやショーのようにテレビ中継されようとは小説では思いもよらなかった。

小説でも漫画でも、宇宙船はみなジェット機と同じ原理で炎を噴射しながら宇宙空間を飛ぶものだった。月面着陸船をはじめ、実際の宇宙船は打ち上げロケットで引力圏を脱したあとは慣性飛行だと知ったとき、理屈ではなるほどと思っても、「なあーんだ」と物足りなかった。みずからの推進力で航行してこそ本物の宇宙船。エンタープライズ号も宇宙戦艦ヤマトもファルコン号もみなそうしている。その点、「はやぶさ」はなかなかすごい。

月や火星は大きいからその引力圏に入ってしまえばどこかに着陸できそうな気がする。それにひきかえ、三億キロも離れた星の王子様がのっているような直径数百メートル足らずのでこぼこの小惑星にいかにして着陸可能なのか、素人考えではとてもむずかしいわざに思える。遠すぎて遠隔操作による操舵は無理だから、探査機が自力で着陸の舵取りができるメカニズムが必要になる。そこにも工夫や知恵がいっただろう。

これまでの探査機は、火星探査のバイキングなどのようにいずれも調査先の星に着陸したきりで、探査データだけを地球に送信してくるものだった。戻ってはこれない。「はやぶさ」は必要な調査と資料採取を済ませると離陸して、採取した資料を入れたカプセルをたずさえて地球まで戻ってくる。ここに最大の画期性があって、だからその帰還のいかんが多大な関心の的になって当然だった。無事に帰りつけるだろうか。カプセルはうまく回収できるだろうか。

サッカーワールドカップの日本チームの勝敗はもちろん気になるとしても（マスメディアの扱いは当然こちらのほうが大きかった）、宇宙探査における独創性や技術性の勝負は、それよりはるかに日本の未来を占うものかもしれない。

「はやぶさ」は二〇〇三年五月に打ち上げられ、予定通りに二〇〇五年十一月に小惑星「イトカワ」への着陸に成功する。ところがこのあと、姿勢制御用の化学エンジンの燃料漏れや通信途絶などのトラブルが相次ぎ、地球への帰還が三年も遅れることになった。さらに帰路途上でイオンエンジンが止まってしまうなど、トロイから帰るオデュッセウスのように苦難な故郷への旅路となった。それが「はやぶさ」の帰還をいっそう印象づけた。

「イトカワ」の惑星名は日本のロケット開発の草分け、糸川英夫博士にちなんだもので、このプロジェクトにおいて命名がなされた。糸川博士の最初の実験ロケットは「ペンシルロケット」と呼ばれて、『宇宙のなぞ』が刊行されたちょうどその頃に発射実験が繰り返されていた。名前どおり、鉛筆みたいな超小型ロケットで、高度成長以前の貧しい時代に乏しい予算でやっていたのだろうと思う。

国民の注目を集め、叔父が「糸川博士のペンシルロケット」と銘うつ模型工作セットを買ってきてくれたことを覚えている。実際に「飛ぶ」という触れ込みで、わくわくして箱を開けてみたら、木で小さなロケットを組み立て、それに糸をつけてクルクルと振り回すだけのものだったっけ。そういえば箱に「遠心力応用！」と書いてあったなあ。プラモデル登場以前で、模型はみんな木製だった頃の話である。こんな便乗商品が出るほど、糸川ロケットへの世間の関心や期待は高かったのだろう。「はやぶさ」は探査目標に選んだ小惑星に、その糸川博士の名を捧げたのである。「はやぶさ」帰還のニュースに、いくらか科学少年、宇宙少年でもあった昔を思い出した。しかし、今回このテーマで書こうと思い立ったのはそれだけでなく、「はやぶさ」のプロジェクトマネージャーを務められた川口淳一郎教授のインタビュー記事（東京新聞、七月二日夕刊）を目にしたせいである。

インタビューから何カ所か引用してみよう。

「正直に言って復旧できるか自信はなかった。ある所から先は論理的、技術的に考えても及ばなくなる。（中略）これは自分たちではコントロールしようがないことで、神頼みを精神的な支えにしていた。

プロジェクトのメンバーはそれぞれいろんな所でお参りしていたと思うが、私が行ったのは東京の飛不動と岡山の中和神社です」

「エンジンが止まったと聞いた時は海外出張中だったので電話会議で対策を検討した。（中略）化学エンジンが無事なら、はやぶさ本体はカプセルを切り離した後も地球に落ちずに宇宙を飛び続けられたが、燃料漏れで化学エンジンが使えなくなり、カプセルを地球に戻すためには本体は燃え尽きることが決まっていた。だから、はやぶさが（燃え尽きる自分の運命を知って）帰還を嫌がっているのではないかと錯覚してしまった」

「通信が途絶した状況からは、探査機自体がこちらに手を差しのべてくるような交信がなければ復旧できなかった。（中略）はやぶさは指令に忠実に従う以上の反応を示してくれた。はやぶさの心意気を感じた」

（最後に「はやぶさ」から地球を撮影した意図を問われて）「はやぶさに地球を見せるためです。ロケットで旅立った鹿児島・内之浦がある九州を撮りたかったが、日陰に入ってしまってできなかった。写真の白い光の筋は、スミアといって光がオーバーフローする現象です。理屈は分かるけど、この写真ははやぶさが涙目で見たような地球だった」

現代科学の粋を集めたプロジェクトのリーダーの言葉であることに感銘を受けた。「飛不動」は名前からわかる。「中和神社」はイオンエンジンを動かすにはなにかを中和する化学反応が必要といった技術上の理由からだろうか。しかし、単なる洒落ではなく、それを超えた敬虔な祈りのようなものが感じ取れる。「苦しいときの神頼み」というより、科学技術をつきつめてゆけばゆくほど、それの及ばない部分につきあたり、そこから生まれる敬虔さだと思う。

無機的な機械にすぎない探査機が、意志や感情などこころをそなえた「人格」のごとくとらえられているのが重要なところである。これも比喩や擬人化を超えた思い入れがこもっている。科学者にあるまじき非科学的な認識であろうか？　ここで連想したのは子どもの発達である。

発達心理学の知見では、乳児期にはまだ成人のような分化した感情や思考や意志は備わっていない。しかし、育児をする親は、わが子をすでにそれらが備わった存在、自分たちと同じこころをもつ存在として関わっている。たとえば、乳児には言語能力がないからと赤子に話しかけようとせぬ親はいない。言葉を解する者のように語りかける。これは「非科学的」な思い入れかもしれないけれども、そうした関わりを通してはじめて子どもは実際にこころをもつ存在へと発達してゆくと考えられる。

「はやぶさ」に開発段階から関わってまさに「生みの親」でも「育ての親」でもあるプロジェクトチーム、七年もの歳月、その旅路によりそって交信をかわし続けたプロジェクトチームにとって、「はやぶさ」が「人格」ある存在かのようになってふしぎではない。むろん、無機物の探査機は、人間の子どもとは違い、それによって実際に人格を備えた存在へと発達しはしないだろう。けれども、川口教授らが探査機を「人格」としてとらえることがなかったなら、故障やトラブルをのり超えて帰りつくことはなかったのではあるまいか。

人間のこころ、精神現象を追究する現代の脳科学や精神医学は、それをできるだけ神経ネットワークの構造や神経伝達物質の動態などによって物質的に解明しようとしている。こころのはたらきをいわば「非精神化」「非人格化」してとらえており、そうあってこそ「科学」と考えているふしがある。あくまで脳という物質を研究対象とする脳科学はともかく、「精神」医学はこれでだいじょうぶなのだろうか。

ところが、太陽系の仕組みや惑星の構造などの物質現象を最新の科学技術を駆使して追究し、「科学」のお手本にみえる現代の宇宙科学は、逆に「神頼み」や探査機の「人格化」など、科学の外にあるものを深く秘めていることがわかった。川口教授のインタビューはそれを教えてくれたのである。

あらためて、科学という営みとはなにか？　と思う。科学も人間のこころの深い営み。そういえば、久しく銀河をゆっくり眺めていなかったなあ。こんどの七夕は晴れるだろうか。

はやぶさ（2）

先回の続きを考えてみよう。

現代科学の先端領域の一つともいうべき宇宙探査において、そのプロジェクトリーダー川口淳一郎教授が探査機「はやぶさ」をあたかも感情や意志をもつ存在のように扱っておられたことは感銘深かった。そうした人格視は「科学」とは遠く見えるかもしれないけれど、それがあったればこそ、幾多の障害を越えて「はやぶさ」を帰還させることができたのではあるまいか。ここまでが先回の話だった。

大気圏で燃え尽きる前、チームはその「はやぶさ」のカメラから地球を撮影して地上に送信させ

た。それが「はやぶさ」最後の仕事だった。学術研究の目的からではない。教授は語る。

「はやぶさに地球を見せるためです。（中略）写真の白い光の筋は、スミアといって光がオーバーフローする現象です。理屈は分かるけど、この写真ははやぶさが涙目で見たような地球だった」

小学生の男の子は、多かれ少なかれ、星や宇宙に心惹かれるものだけれども、そこにはロマンチシズムの芽生えがある。おとなになっても星や宇宙に惹かれ続けてその道の研究者にまでなる者には、ロマンチシズムが豊かに生き続けているのかもしれない。川口教授もきっとそうなのだろう。宇宙探査には、ロマンチシズムと科学的合理主義との幸せなドッキングがある。いずれも少年期に巡り合う世界ではなかろうか。小学校の高学年の頃、「子どもの科学」という雑誌を友人Ｋくんと回し読んだ。この雑誌は今も続いている。

子どもの理科離れ、科学離れが言われるものの、それでもやはり多くの男の子は機械やその科学メカニズムに惹かれるものだと思う。ただ、蒸気機関車やガソリンエンジンの原理やメカニズムは少年にも理解可能なのに対して、パソコンをはじめ現代社会の身の回りの機器は高度になりすぎて専門家以外にはおとなでも原理を理解できず、その機能だけを所与のものとして享受するほかなくなっている。そこらに現代の「科学離れ」の背景があるのかもわからない。

先回の原稿を脱稿した直後に知人のMさんから私信をいただいた。Mさんは文筆や音楽活動の傍ら、おふだの蒐集と研究を続け、オープンカレッジの講師として「おふだの文化史」を講じている青年である。手紙の内容は、いくつかの問いかけで、かいつまめば次のようなものだった。

日本人は願をかけたりおふだをいただいたり神仏にすがるけれども、これは今後もずっとなくならない文化だろうか。そこにおける「信じる」という精神構造とはどのようなものだろうか。しかし、現実にはお守りのおふだをもっていても事故に遭ったりするわけで、それは「信じる」ことを失わせ、神仏を恨むといった体験をもたらすだろうか。その体験はその人の人生にどんな影を落とすことになるだろうか。おふだのもつ社会的な意味、精神的な意味とはいかなるものだろうか。

Mさんは、毎年お正月、深川で「おふだ展」を開いている。蒐集したおふだに解説文を添えて展示する小さな催しである。なかなか面白く、新春の深川の情趣を味わいかたがた、例年欠かさず観にいっていた。おふだの様々な意匠とMさんの簡潔な解説。その縁あって、お便りをくださったのだろう。在野の研究家としてこつこつおふだを集めて調べる営みの意味をMさん自身問い返しておられるのかなと感じた。それよりなにより、「はやぶさ」の地球帰還が危ぶまれたときに「それぞれいろんな所でお参りしていた」という川口教授のインタビューを読んだ矢先、そんな手紙が舞い込んだ偶然に驚いた。すぐに返信を送ったが、そこに書いたことをあらためて展開してみたい。

「苦しいときの神頼み」という言葉もあり、「縁起かつぎ」「験かつぎ」という言葉もある。しかし、川口教授の話から感じとれるのは、それには尽きないもので、それは何だろうかと考えた。

お参りにいったのなら、きっとおふだもいただいてきたに違いない。そう思って、宇宙航空開発機構のホームページで「はやぶさ」のコントロールルームの映像を探してみた。コンピュータや計器に囲まれた中にちゃんとおふだが貼られていた。おそらく飛不動のおふだではないかと思う。

福澤諭吉は、子ども時代、藩主の名前がある紙を踏んで叱られて、神様の名のあるふだを踏んだらどうなるかと、おふだを足で踏みつけ、さらに厠に持っていって罰があたるかどうか試したという。試すところにすでにおふだへの懐疑がある。ここには近代的な合理主義と実証主義に通じる思想があり、科学とはその合理主義と実証主義を突き詰めていったものである。このコントロールルームを見たら、諭吉はなんと言うだろうか。

現代科学の最前線たる惑星探査のコントロールルームに神仏のおふだの同居は、あるいは水と油で非合理な風景にみえるかもしれない。あるいは以前に触れた芥川龍之介の『神神の微笑』で、我々はどこにでも、いつでもいる、あなどってはならぬと宣教師に言い残した日本の神（霊）の言葉を思い出してもよいかもしれない。我々はコンピュータディスプレイの仄白い明かりのなかにもいます、というように。

「宗教と科学」というのは大きなテーマで、それを論じられるだけの用意は私にはない。西欧に生まれた近代科学は、キリスト教の世界認識の枠組みから超越的なところを切り離して、代わりに現実性をおし進めたもので、真理は一つで普遍的という信念、ロゴスの優位という構えにおいて、その基本的なフレームは同じに見える。それゆえ案外矛盾なく共存し合うところと、それゆえ競合して対立し合うところとの両面をもつかもしれない。しかし、ここは日本の寺社へのお参りとおふだの話である。

科学的な認識と技術をとことん追究している科学者には、それがどこまでは届き、どこからは届かないのか、よく見えるのにちがいない。そのような科学者は「科学」の絶対化や物神化をしないのだろう。川口教授は語る。

「あるところから先は論理的、技術的に考えても及ばなくなる。たとえば機体がひっくり返って、どちらを向いて安定するかはわからない。絶対に復旧しない向きに姿勢が向いてしまうケースもある。これは自分たちではコントロールしようがないことで、神頼みを精神的な支えにしていた」

コントロールルームにおふだの風景に、科学のどこから先は及ばないかを知る科学者の謙虚な姿をみることができよう。おふだを貼ったからといって他からトンデモ科学呼ばわりされぬだけの科学的実績への自負も同時にあるかもしれない。

川口教授もチームの他の科学者たちも、万有引力の法則や相対性理論を「信じる」のと同じ意味で神仏の力やおふだの効力を信じてお参りしたわけではないだろう。万有引力の法則に従えば探査機を惑星にまで辿り着かせることができるけれども、飛不動にお参りすれば辿り着かせられるわけではない。

お参りを促したのは、神仏に対して「信じる」「すがる」というよりも「祈る」というこころの働きだと思われる。先回述べたように、その誕生から関わり、遠い宇宙に送り出し、その遙かな旅をフォローし続けてきた「はやぶさ」は、もはや一個の人格かのように感じられるものになっていた。研究者たちのこころの延長といってもよかろうか。その「はやぶさ」の無事への深い「祈り」である。

昔、学会で京都へ赴いたおり、紅葉見物につれあいと二人で比叡山に遊んだことがある。時期が遅く紅葉はやや盛りを過ぎていたけれども、山中をそこここ散策するうち、たまたま横川の元三大師堂に出た。良源（元三大師）の住房跡である。堂の由来を記した説明書きを読むや、つれあいはすぐに堂を訪れて角大師のおふだをいただいてきた。疫病がはやったとき良源は角の生えた鬼の姿に身を変じて病魔を退散させたという言い伝えあり、そのときの良源の姿を写したおふだだという。ちょうどその頃、娘が病気で療養中だったのである。

比叡山にのぼったのも紅葉目当てだったように、私もつれあいも仏教に帰依しているわけでも普段格別信心深いわけでもない。そのつれあいがわざわざおふだを大切にいただいてきたのは、やはり、娘の快復への祈りからだったにちがいない。いささか奇怪ともユーモラスとも見える絵姿が刷られたおふだに娘は「何これ？」という顔をしたけれど、母親の勧めるまま、そのおふだを貼っていた。

「信じる」というこころのはたらきには一筋縄でゆかないところがある。神仏を信じる者も信じない者もいる。信じる者も（信じる者ほど）〝どの神仏も〟ではなくて、例えば聖母マリアは信じるけれども飛不動は信じないなど一様ではない。神仏と限らず、私たちが生活の中でいろいろな事象を信じる（信じない）のは何によるのか、その妥当性は何が保証するのか。考えてゆくと難しい。

けれども、神仏を信じる信じないにかかわらず、「祈る」という体験をもたぬ者はいないだろう。「祈る」というこころは「信じる」よりもずっとわかりやすい。川口教授の言葉のとおり、「自分ではコントロールしようがない」不確定なことばかりに私たちは囲まれているところから「祈り」が生まれる。

「あした天気になりますように」とテルテル坊主を軒に下げるのも、「この宝くじが当たりますように」と神棚に供えるのも「祈り」である。明日の天候も宝くじの当たり外れも不確実なうえ、自分たちの力でコントロールすることはできない。でも、明日の遠足が流れませんようにとか、宝くじさえ当たれば家が買えるのにとなれば、人間にできることは祈ることしかない。

そうした祈りがもっとも深い姿をとるのは、だれかのための祈りであるときだろう。戦地に赴く夫の無事を、病に伏すわが子の快復を、など。人間がほんとうにこころから祈るのはそんなときではなかろうか。その意味で「祈り」と「愛」とは密接につながっている。「願い」との違いかもしれない。「はやぶさ」の場合も、「自分たちの研究プロジェクトが成功しますように」の祈りではなく、「はやぶさ」の無事への祈りだった。

もちろん、このような祈りは、お参りなどしなくても、こころのうちに念ずるだけでもよいし、そうしたひそかな祈りは決して少なくないと思う。けれども、人間はやはり「かたち」や「あかし」をどこかに求めるものである。テルテル坊主をつくる、拝殿で手を合わせる、おふだをいただく。それによって、私たちは「祈り」を自分に確かなものとするのではあるまいか。

だれかのために「祈る」ということろを日本人がもち続けるかぎり、お参りするとかおふだをいただくという文化が消えることは決してないだろう。Mさんに私はそう書き送った。

私たちは祈るけれども、その祈りがかなうとはかぎらない。それをどう考えたらよいのか、というのがMさんのもう一つの問いかけだった。

「はやぶさ」の場合も、化学エンジンが無事なら地球帰還後も飛行を続けられたはずだったのに大気圏に突入して焼失せざるを得なかった。祈りがすべてかなったわけではない。川口教授は使命に殉じて燃え尽きた「はやぶさ」をわが子の死のように悼んでいる。しかし、そのことで飛不動や中和神社に恨みがましい気持ちを少しでも抱いたりはしていない。仮に帰還そのものが果たせなかったとしても、これは同じだったろうと思う。

なぜなら「祈り」とは、この世界は自分たちのコントロールの及ばない不確実なことだらけだからこそ生まれるものだからである。すべてが確実なら「祈り」は必要なく、そもそものようなものは人間のこころに生まれないだろう。裏返して言えば、もし祈りさすれば必ず通じてかなうのなら、この世から不確実なものは何ひとつなくなってしまう。「祈り」とは人間がものごとを意のままにコントロールする道具となり、それはもはや「祈り」ではない。祈りが必ずかなうとは、人間が神になるのと同じで、空恐ろしいことだろう。


お守りのおふだは、無事への祈りに「かたち」を与えたものだろう。成田山の交通安全のおふだをよく車に見かける。道路を走れば絶対に事故に遭わない保証はなく、不確実である。こちらは注意深く運転しても向こうからというのはコントロールできない。そこで「どうか事故に遭いませんように」「事故で死傷したり、まして人を死傷させたりしませんように」と私たちは祈る。こころのうちで祈る者もいれば、成田山にまでお参りして交通安全のおふだをいただき、その祈りに「かたち」を与える者もいる。つまり、お守りのおふだは安全への「祈り」の表象であって、安全の「保証書」ではない。

だから、「交通安全のお守りをいただいたのに事故に遭った、どうしてくれる」と成田山を恨んだり訴訟を起こす者はまずいないだろう。「お守りをいただいたからにはもう安全だ」と無謀運転をする者がまずいないのと同じである。そして、お参りしても事故はたくさん起きているじゃないかと、成田山が寂れてしまうこともない。そうMさんに伝えた。

「祈り」は、どんなに切実な祈りであっても、かなうとは限らない。かなわないことのほうが多いのかも。しかし、だからこそ「祈り」が生まれるというアイロニーがあって、そこに神仏の介在、宗教というものが立ち上がってくるのだろうか。私の書棚には「おふだ展」のつど戴いてきたおふだの小冊子がもう何冊も並んでいる。ときに開いてみながら、そんなことを思うのである。

ジャネの法則

コンビニの前を通ったとき、はやくも年賀状の案内が出ていてびっくりした。考えたら、これを書いている今はまだ十月、というかもう十月で、あっという間に十二月がやってくるだろう。本連載でクリスマスについて書いたのがついこの間の気がする。でも、早くもクリスマスが待っている。

連載をしていると、次の締めきりの早さに驚く。このぶんでゆけば人生の締めきりもまたたく間かもしれない。人生の締めきりは知らされていないので安閑としていられるけれど、原稿の締めきりはそうはゆかない。

時の流れがひどく速くなったと感じられるのは、ひょっとして、本連載の締めきりに追われるせいだろうか。毎月ではとてももたないと考えて隔月連載にしていただき、これならなんとかと思ったのは浅慮で、一カ月の間隔が二カ月に伸びたのではなく、二カ月の間隔が一カ月間の短さに縮まった感じである。週刊誌や日刊紙に連載をこなしている人たちは、ほんとうにプロなのだと思う。その方々からすれば、隔月の連載に「追われる」などと表現するのは、もってのほかにちがいない。

光陰矢のごとし。

歳をとるにつれて時の経過が早くなって、一年があっという間になってゆく感じは、だれのものでもあるらしく、心理学には「ジャネの法則」と呼ばれるものがある。「一年の長さは年齢に反比例する」という法則である。法則といっても、仮説的な説明で、ニュートンの法則のような実証性はないけれども。

この法則に従えば、私はすでに六十二歳なので、一年間があっという間の短さであって当然ということになろう。そもそも、自分がもうそんな歳なのに驚く。一年間どころか、人生そのものがあっという間だなぁ。未熟なまま還暦を過ぎてしまったと、ちょっと苦い思いも走るけれども、それはおいて、ジャネの法則をもう少し考えてみたい。

六歳の子どもにとって一年間はその人生の六分の一を占めているから、これは長く感じられる。

しかし、〝三十歳の大人には人生の三十分の一、六十歳の老人（いまは老人とはいわないか）には六十分の一に過ぎなくなる〟というように、加齢とともに一年間の人生を占める割合は小さくなってゆく。ゆえに一年間の主観的（心理的）な長さはこれまで生きてきた年数（つまり年齢）に反比例する。これが「ジャネの法則」で、巧みな説明だと思う。

でも、どうなのだろう。歳をとるにつれてどんどん時の流れが速くなるという実感的な体験を数理的にとてもスマートに説明しているけれども、はたしてそれだけだろうかの疑問は残る。たとえば、こんな疑問はどうだろうか。

一年の主観的（心理的）長さ＝一年の物理的長さ÷年齢

ジャネの法則は、このように数式化される。この数式に従えば、六歳時と七歳時との主観的長さの差は、六十歳時と六十一歳時との主観的長さの差よりもずっと大きい。短縮率は年齢が上がるほど小さくなる。そうとすれば「この一年は去年よりも早く過ぎてしまった、年々短くなるなぁ」という短縮感はむしろ低年齢のときのほうがより強く感じられるはずで、これは体験的実感と相反していまいか。

ジャネの法則は、やや単純すぎるようにも思われる。とすれば、ほかにはどんな仮説が可能だろうか。いろいろな仮説を考えてみた。

おそらく地上の動物のなかで人間だけが「時間」という概念を共有しており、過去―現在―未来と「時間」を生きる存在となっている。私たちは現在だけを生きることはできず、その現在には過去が繰り込まれ、未来が先取りされている。現在にはいつも過去と未来とが入っているとも、過去と未来によって現在はつくられているとも言えようか。「時間」の概念をもつとは、そういうことである。

ジャネの法則は、人生の過去の長さから現在の体験のあり方（一年が短く感じられる現象）を説明づけている。しかし、私たちは人生の未来も先取りしつつ生きている。若年の頃はそうでもないとしても、ある程度の年齢を過ぎれば、未来の時間が「残された時間」の色を帯びて意識の視野に入ってくるだろう。「門松は冥土の旅の一里塚」で、年齢が上がるにつれ、未来の時間、残された時間は必然的に短くなってゆく。すると、こんな仮説も立てられないだろうか。

学生時代を思い出してみよう。筆記試験で解答に追われているとき、制限時間が近づくにつれて時間の進みが速く感じられないだろうか。始まったばかりの五分間と残りわずかになっての五分間では、後のほうがずっと短い。人生にもこれがあてはまって、一年間の主観的（心理的）長さは人生の残り年数に正比例する。

この法則（?）は、ジャネの法則とは矛盾対立しない。ただし人生残りの年数は未来の時間なので確定できない。それ自体、主観的な時間である。とはいえ、確実に短くなってゆくことは明らかなので、加齢とともに一年の主観的（心理的）時間も確実に短縮を続けると考えることができる。しかし、主観的な残り年数との比例値だから、その短縮感は、一律でなく、その人が自分の未来、残りの人生をどう見積もっているかによって大きな個人差が潜むかもしれない。

試験の例を挙げたけれど、それでいえば、さっさと答案を書き上げて悠々と終了時間を待っている場合は、先に述べたかぎりではないだろう。逆に落第点でもいいやと投げている場合も、そのかぎりではないだろう。もしそうとすれば、歳をとるほど一年が短く感じられる心理現象とは、万人に普遍的にあらわれるとはかぎらず、その人の人生のあり方やその人の人生に対するスタンスによって、あったりなかったりする現象の可能性もあろうか。「なすべきことはやり遂げた、あとは悠々自適」の心境でいる人、「ろくでもない人生だった、もうどうでもいい」の気分でいる人。「まだまだやることが満載」の人。そのほかさまざまなスタンスによって、一年間の長さの感覚に違いが出てくるだろうか。

このあたりは調査研究したら面白そうな気もする。ちょうど大学は卒業論文や修士論文の中間報告が終わり、年末の締め切りに向かって学生たちの心理的時間が加速しはじめる時期に入っている。いつか、こうしたテーマで研究してみようという学生は出てこないかな。

太陽の運行速度（地球の自転速度）は一定にもかかわらず、夕暮れに傾き始めた陽は急速に動いてゆく（沈んでゆく）ように感じられる。「つるべ落とし」である。私たちの心理的な時間にも、これに似たところがあって、人生の夕方を意識しはじめると急に進みが速くなると考えられようか。この考えがあたっているなら、私もきっとそうなのだろう。日暮れて道遠し。

ほかに何か仮説はたてられないだろうか。

どこかに向かって歩くとき、初めて歩く道は長く遠くて時間がかかる気がしないだろうか。実際地図を確かめたり手間がかかることもあろうが、それ以上に心理的に長く感じられる。歩き慣れた道はずっと短く感じられる。

子どものとき一年が、いや、一年だけでなく一カ月も一週間も、大人よりもずっと長く感じられるのは、子どもの生活にとって体験世界は真新しく初めてのことだらけで、そこを探索的に生きている度合いがずっと高いせいかもしれない。裏返せば、大人になるほど生活世界は慣れなじんだものとなり、探索的にではなく習慣的に生きる度合いが非常に高くなる。これは時間感覚を短くしまいか。

例えば都市生活者にとって通勤に片道一時間半はありふれている。一時間半ならましかもしれない。旅行で初めての列車に一時間半ゆられたら、ずいぶん長く乗って、遠くまできたと思わないだろうか。通勤の一時間半をさほどに意識しないのは日々の習慣に繰り込まれているためである。しかし、(睡眠八時間として)生活時間十六時間のうち三時間は満員電車で消えている。通勤は一例で、習慣化され意識されない時間の占める割合が大きくなるのが大人の日常で、そのぶん、これだけ生きたと意識される時間は意外に短かく、日々は足早に過ぎるのかもしれない。

もちろん、私たちは多くの事柄を習慣化（自動化）させることで、行動の効率化と精神の省エネをし、過大な負荷を避けているといえる。毎日毎日を探索的に生きていたら大変だろう。朝起きて「さて、今日はどうしようか」とそのつど考えたり決断しなくても、月曜日はこれこれ、火曜日はこれこれと生活のパターンがほぼ決まっていて、それを習慣的に回しているうちに気づけば、もう一週間、もう一カ月、もう一年が過ぎている。これが私たち大人の平穏な日常ではあるまいか。この習慣のサイクルを積み重ね、習慣のサイクルに深く慣れ込んでゆくほど、サイクルの回転が速くなって「気づけばもう一年」の感覚が強まってゆくのではないだろうか。

考えてみれば、自分たちの時間を「一週間」「一カ月」「一年」と区切り、それを社会活動のサイクルとしていること自体、人間自身が作り上げてきた習慣化である。この習慣化がなければ、そもそも「もう一年たったのか！」という認識も起きず、一年がだんだん短く感じられるのはなぜか、なんて問いそのものが発生しないはずである。ことほどさように私たちは習慣を生きていることを、この問題は教えてくれる。

さて、この仮説に立てば、習慣のサイクルから離脱すれば時間感覚は変わるはずである。通勤の例を挙げたけれども、定年退職はサイクルからの離脱、少なくともサイクルの大きな変化をもたらすだろう。これは一年の長さの時間感覚に変化をもたらすだろうか。もたらすとしたら、どんな変化であろうか。同年齢の定年者と非定年者との比較調査をすればわかるかもしれない。

この法則をのこしたポール・ジャネは十九世紀中期から後期に活躍したフランスの哲学者である。彼の甥にあたるのが、こちらのほうが私どもには縁の深い臨床心理学者ピエール・ジャネである。同時代のフロイトに匹敵する先駆的な無意識の研究者で、催眠療法のエキスパートですぐれた心理療法家だった。叔父ポール・ジャネがこの法則を考え出したのは、彼自身、高齢になってからであろうか（若い頃のアイデアではない気がする）。それはわからないが、歳をとるにつれ一年の長さが短くなるという時間感覚は、少なくとも十九世紀には一般のものとなっていたことがわかる。

それ以前はどうだったのだろう。この感覚は、時代や社会を越えて、人間に普遍的なものなのかどうか。古代社会や中世社会ではどうだったのだろうか。これも調べてみたい気がする。だれか卒論なり修論で取り組んでくれないかしら。

昔の物語に出てくる古老や老賢者は、時の流れなど超越して悠揚迫らず、むしろ生き急ぐ若者に向かって「あわてるでない、時は長いのじゃ」と諭す役割どころだったようにもみえる。昔の人々ほど、自然の懐のなかで、遙かにゆるやかな時間を生きていた。これが私たちの多くがいにしえに対して抱くイメージだと思う。

それが近代になり、工業社会が進み、さらに生き馬の目を抜く経済社会へと発展するにつれて、人間は忙しく時間に追われるようになったと仮説できるかもしれない。ポール・ジャネも近代の人だった。とすれば、一年間の感覚的長さを短縮させているのは、エンデの『モモ』描くところの灰色の時間泥棒の仕業となろうか。彼らが登場する以前は、老若を問わず、一年一年はもっとゆったり過ぎていたはずだ、というように。

もちろん、本当のところはよく調べてみないとわからない。もしかして、時代が進むにつれて人間は時間に追われるようになってきたとするとらえ方自体、年齢が進むにつれて時間の進みが速くなってきたという感覚のヴァリエーションに過ぎないかもしれない。

最後にもうひとつ有力な（！）仮説がある。

わが身を省みて思えば、歳をとるにつれ、ものごとの処理能力は明らかに落ちている。てきぱきとゆかない。心理的時間以前の問題で、なにごとにつけ物理的時間がかかるようになるのではないか（私の場合は若い頃も愚図だったので、ますます）。このため、諸事に手間どり、時間が間に合わなくなって、そのぶん、あたかも時が早く過ぎてゆくかのごとく体験されるようになる。

すなわち、身も蓋もなくいえば、ジャネの法則と呼ばれるものは、（少なくとも私においては）老化のあらわれに過ぎないかもしれない。いや、なにを隠そう、最初にこれを思いついたのだけれども、あまり認めたくなくて、あれこれ仮説を並べてきたようでもある。

大晦日

年の瀬は、なにかあわただしい気分になる。こころ急く。先回の「ジャネの法則」は一年間にもあてはまり、一カ月の長さはその月の数に反比例するのであろうか。いや、「二月は逃げる」「三月は去る」と言われるように二月、三月もまたたく間に過ぎる。とすれば法則はあてはまらない。

しかし、要するに「年末」にせよ「年度末」にせよ、「末」が近づくと時の流れが加速するのにちがいない。滝壺に近づいた河の流れが吸い寄せられるみたいに急に速くなるのに似ていようか。年末と年度末、一年の「終わり」「締め括り」が年に二回も来ることが、一年間全体をよけい短く感じさせるのかもしれない。一本化できないものだろうか。

裏返して、新年と新年度と年に二回も始まりがあって、二度も新しい気持ちになれるなぁ、と思えればよいのだけれども。

昔の商習慣では、後払いの掛け売りがふつうで、月々の晦日が、そして一年の大晦日がその支払い期限だった。大晦日はいよいよ切羽詰まった大詰めとなる。だから、年の暮れともなれば、金策に追われ、大変だったにちがいない。米屋、酒屋、八百屋、魚屋……たまったつけの支払いを求めて店の者が押し掛けてくる。それが掛取《かけとり》である。

落語に『掛取万歳』というのがあって、暮れになるとよく演じられる。三遊亭圓生が面白かった。大晦日の支払いに窮した八五郎は、次々に来る掛取を相手に、その趣味に合わせた言い訳をして巧みに乗せては撃退するという咄《はなし》である。狂歌に凝っている大家さんには狂歌で応じ、喧嘩好きの魚屋にはわざと喧嘩を売って、芝居好きの酒屋の番頭には忠臣蔵の一場のパロディを演じてという具合で、その芸が見せどころ聴かせどころだった。

最後にやって来るのが三河屋の旦那で、三河万歳が大好き。八五郎と三河屋の旦那とで万歳の掛け合いになって、「できぃなければ待っちゃろか。五十年も待っちゃろか、百年も待っちゃろか」「なかぁなかぁ、そんなぁことでは勘定なんざできねえ」「そんならどんだけ待てばええ？」「あぁら、百万年も」というのがさげである。

三河万歳はいまはすっかり見なくなったが、私が小さい頃は正月になると烏帽子をかぶり鼓を手にした太夫と才蔵が家々をまわって縁起物の万歳をして、ご祝儀をもらっていた。門口に現れた異形に幼い私がおもわず尻込みすると、母が「三河万歳のおじちゃんよ」と言いながらおひねりを渡したのを覚えている。その節回しがかすかに耳に残っていて、この落語は面白いだけでなく、ちょっと懐かしい。暮れの出し物で、最後のさげは新年の言祝《ことほ》ぎになっている。

日頃の買い物はすべて町内で行われ、家々をご用聞きがまわり、売り手も買い手もみんな顔見知りで、だからこそ掛け売りができ、一方この咄のように掛取の趣味道楽など手の内を承知して応接できる世界が、生き生きと描き出されている。考えてみれば落語の八つぁん、熊さん、ご隠居さんの世界はすべてこの世界である。

私たちはこうした近隣的・共同的な生活世界を高度消費社会に至る過程ですっかり解体してきた。地域の商店街がさびれたのは、チェーン店や量販店との競争に敗れたというより、この生活世界を私たちが失ってしまった結果だと思う。現代の経済学や経営学は問題を「競争」の視点からしか見られず、それが解決困難と閉塞をもたらしているのではなかろうか。

もちろん、今と同じく昔も現実は厳しく、『掛取万歳』みたいにまんまと勘定を免れられるのは落語だからこそであろう。貧しい人たち、借金を抱えた人たちにとって年の暮れはさぞや大変だったにちがいない。そういえば樋口一葉の作品にも、題名もずばり『大つごもり』があった。今も残る赤い羽根共同募金など「歳末助け合い運動」が、なぜ「歳末」なのかの理由は、ここにあったのだろう。

> 春の桜や秋の紅葉には面《おもて》をそむけて生きても行かれるだろうが、年にいちどの大みそかを知らぬ振りして過す事だけはむずかしい。いよいよことしも大みそかが近づくにつれて原田内助、眼つきをかえて、気違いの真似などして、用も無い長刀をいじくり、えへへ、と怪しく笑って掛取りを気味悪がせ、あさっては正月というに天井の煤も払わず、鬚もそらず、煎餅蒲団は敷きっ放し、来るなら来い、などとあわれな言葉を譫言《うわごと》の如く力無く呟き、またしても、えへへ、と笑うのである。まいどの事ながら、女房はうつつの地獄の思いに堪えかね、勝手口から走り出て、自身の兄の半井清庵という神田明神の横町に住む医師の宅に駈け込み、涙ながらに窮状を訴え、助力を乞うた。
>
> （太宰治「貧の意地」）

私が初めて読んだ太宰治は『走れメロス』でもなければ『人間失格』でもなく、『新釈諸国噺』だった。高校生のときである。当時の高校生の間には、太宰治をわがことのように読むファンが多く、図書室の太宰全集は手ずれており、ページを開くと書き込みがいっぱいあった。いまはどうだろうか。そんな中で私は距離をおいてずっと読まなかったのだけれど、なにかの拍子でこの作品に接してその面白さに驚いた。

これは井原西鶴の諸作品を換骨奪胎して太宰流に料理した短編十二編からなるもので、先の引用はその第一話「貧の意地」の一節。太宰は、メロスみたいな教科書に載るような人物より、この原田内助みたいにおよそ駄目な人物、こころの弱い人物を描きだす筆に生彩がある。「容貌おそろしげなる人は、その自身の顔の威厳にみずから恐縮して、かえって、へんに弱気になっているものであるが、この原田内助も、眉は太く眼はぎょろりとして、ただものでないような立派な顔をしていながら、いっこうに駄目な男で……」といった具合。

『新釈諸国噺』十二編のうちの四編までも大晦日の窮境にまつわる噺で、第一話がこれ。第五話「破産」は、遊興が過ぎて経済破綻した商家の主が再建に凄腕を発揮して、遂にこの大晦日さえ乗り切ればというところに漕ぎつけたが、両替すべき小粒銀ひとつが足りず破産する噺。第九話「赤い太鼓」は、年の暮れ、どうにも首が回らず一家心中をしようとした職人夫婦を救おうと近隣の職人仲間が計百両の拠金をするが、その百両が忽然と消え失せて、さてお奉行はどう調べたかのミステリー。これを三遊亭圓生がそっくりそのまま落語にして演ったのをラジオで聴いた記憶がある。第十話「粋人」は、大晦日、借金取りにおびえて家に居たたまれなくなった男が大尽を装って茶屋に逃げ込んで遊ぶが、海千山千の茶屋の婆にはすっかり見透かされていて……という噺。

世界に身を置くべき場所も無く、かかる地獄の思いの借財者の行きつくところは一つ。花街である。けれどもこの男、あちこちの茶屋に借りがある。借りのある茶屋の前は、からだをななめにして蟹のように歩いて通り抜け、まだいちども行った事の無い薄汚い茶屋の台所口からぬっとはいり、「婆はいるか。」と大きく出た。もともとこの男の人品骨格は、いやしくない。立派な顔

をしている男ほど、借金を多くつくっているものである

（「粋人」）

「赤い太鼓」を圓生が落語に仕立てたのでもわかるとおり、いずれも筋の運びや人物描写、登場人物のやりとりに可笑し味があって、しかし、よく考えればこわい物語が並んでいる。やがてうき世を生きねばならないが、はたしてそれが自分にどうできるのかの困惑をこころの底に抱えながら、『新釈諸国噺』を繰り返し読んだものだった。思春期的な憂鬱のなかで学業を放棄して、手当たり次第、小説ばかり読みふけっていた時期である。最後の十二話「吉野山」は、世をすねて出家遁世してみて、はじめてうき世の厳しさを思い知るという皮肉な噺。

何もかも面白くなく、既に出家していながら、更にまた出家遁世したくなって何が何やらわからず、ただもう死ぬるばかり退屈で、

歎きわび世をそむくべき方知らず、吉野の奥も住み憂しと言へり

という歌の心、お察しねがいたく、実はこれとて私の作った歌ではなく、人の物もわが物もこの頃は差別がつかず、出家遁世して以来、ひどく私はすれました。（「吉野山」）

「既に出家していながら、更にまた出家遁世したく」とか「出家遁世して以来、ひどく私はすれました」のくだりに吹き出しながら、そこに引かれた実朝の歌がこころに沁みた。現実に背を向け

てもどこにも行けない、今いるところを生きるしかないという覚悟（諦め？）みたいなものを得た気がする。いや、なかなかそうは生きられないでいるものの……。なお、西鶴の原作には実朝の歌は出てこず、ここは太宰の創作である。

同じ頃、家の書棚に内田百閒の『百鬼園随筆』をみつけて読んだ。昭和のはじめに刊行され、百閒の名を世に知らしめた本である。百閒は士官学校や大学の教授を務めていながら、ひどい借金生活をしていた。「百鬼園（百閒）」なる筆名は債鬼だらけの洒落かと私は久しく思っていた。郷里の岡山を流れる百間川にちなんだものと知ったのは後のことである。放蕩にふけったわけでもなし、投機に走ったわけでもなし、不思議といえば不思議な大貧乏で、この随筆集でも高利貸しや借金返済のための金策の話がでてくる。

大晦日の夜になって、小生はぐったりして家に帰った。あんなに馳り廻らなかったら、その自動車代だけあっても、新聞代やお豆腐屋さんは済んだのに、という細君のうらみも肯定した。表をぞろぞろ人が通る。みんな急がしそうな足音である。自動車の警笛がひっきりなしに聞こえる。小生は段段気持が落ちついて来だした。一体何のために、この二三日、あんなに方方駆け廻ったか。今急に買いたいものがあるわけでもなく、歳末旅行をしようと思ってもいない。別にお金のいることはないのである。いるのは、借金取りに払うお金ばかりである。借金取りに払う金をこしらえるために、借金して廻るのは、二重の手間である。むしろ借金を払わない方が、借金をするよりも目的にかなっている。じっとしていて出来る金融手段である。大晦日の夜になっても、まだ表を通る人は、そこに気がつかないらしい。みんな、どこかでお金を取って来て、どこかからお金を取りに来たものに渡してやるために、あんなに本気になって駆け廻っている。

（内田百閒「無恒債者無恒心」）

この作品に描かれた金策ぶりには微妙なスタンスがあって、百閒の貧乏の秘密が少しばかりわかる気がする。タイトルは「恒産なければ恒心なし」の「産」を「債」にひっくり返したものである。年末のあわただしさは、元をたどれば、こうしてみんながに金策に駆け廻る、そのあわただしさが起源なのだろうか。借金あってこそ恒心が生まれるという百閒の理屈も、引用したくだりの理屈も、うがっている。しかし、この社会は「じっとしていてできる金融手段」ではだめで、お金も人も忙しくぐるぐる廻っていないと立ちゆかない世界となっているのであろう。

医師になりたての頃、大きな精神病院で研修をした。当直を含めて一泊二日、そこで診療をするのである。受け持った患者さんのひとりに精神遅滞（知的障害）の青年がいた。社会に居場所を失った発達障害の成人が精神病院の入院患者となっているのは、珍しくない時代だった。ほかに生活の場がなかったからである。もちろん、パニックを起こしたりとか自傷行動があったりとか、なんらかの精神医学的な症状によって入院した人たちだが。

その青年は中度の知的障害をもっていた。田舎の貧しい家に生まれ、知的な遅れがあったけれども、昔のことで療育的なケアも福祉的な支援もないまま中学（普通学級）を出たあと都会の小さな工場に住み込みで就職した。高度成長時代で中卒者が中小企業などで貴重な働き手とされた時代だった。しかし、二十歳を過ぎた頃、いまでいうリストラにあう。故郷の両親は亡くなっていた。放浪生活となったが、「空飛ぶ円盤が見える！」「宇宙人が来る！」と激しい錯乱をきたして路上で保護され、故郷近くのこの病院へ入院となった。身寄りは妹ひとりで、すでに嫁していたが所帯は苦しく「引き取るのがほんとうとわかっていますが、自分の暮らしで精いっぱいで……」と語り、錯乱状態から回復後も青年はそのまま入院生活を長く続けていた。

その入院生活の何年目だったろうか、私が彼を受け持つことになった。非常勤の研修医が受け持つのは、急に病状が変わるおそれの少ない、その意味で安定した慢性の統合失調症やこのような患者からである。そこから精神科医のトレーニングがはじまる。

妹さんは月ごとに病院に来られた。持参の菓子や果物を兄に食べさせては帰ってゆくひっそりとした面会だった。診察のときも青年は言葉少なく、質問にうなずいたり首を振ったりするにとどまることが多く、職場でどんな仕事をしていたのか、どんなふうに解雇になったのか、最後までよくわからなかった。体験をうまく言葉にする力がないのかも、と診察の時間に絵を描くことを考えた。山や川、家や木などを順に描きこんで一つの景色に仕上げる風景構成法では風景がまとまらず、個々の家や木もしっかりした形をなさなかった。具象的な描画ではなく、画用紙を線で自由に区分してから塗り分けて色模様を作り上げる色彩分割を試みることにした。知的障害への臨床経験もそれなりに重ねたいまは、昔の私に「こうすべきだったのに」と言えることは色々あるけれど、当時は手探りだった。

しかし、青年はまったく何も話さなかったわけではない。ぽつりぽつりしたやりとりから次のような体験が知れて、印象に残った。働いているとき困ったのは年末年始だった。工場が休みになり、住み込みの寮もみんな帰省して、残るのは自分ひとり。寮の賄い人も帰省して、食事がでない。外食するにも店も休業。年中無休のファミレスやコンビニなどなかった時代である。歩き回って開いた店を見つけても、結局、入れない。品書きの字が読めないからである。水を飲んで正月を凌いでいたという。字が読めなくたって店員に訊くなり何とかできるだろうに、と思うのは字が読める私たちだからである。

古い収容型の精神病院からの脱却、開放的なケアの推進が大きな課題だった時代である。妹さんにお正月の外泊をお願いした。大晦日の一晩を妹宅に泊まって元旦を過ごして帰院する、年に一度きりの外泊だけれども、それを取っかかりにと考えたのである。受け持って二年目、初めての外泊に送り出して年が明け、最初の出勤日、診察机に彼のカルテがぽつんと載っていた。胸騒ぎがして開くと、外泊中に死亡して警察から照会があり、と当直医の記載があった。

妹さんが訪ねてこられて、いきさつを語られた。夕食後、「風呂に入る」と入浴し、「書くものと紙がほしい」と言ってきた。字も書けないのにといぶかしかったが、さして気にとめず、なにやかにやに紛れて忘れてしまった。そのまま寝かせて、翌朝、布団が空なのに気づき、探したら近くの小さなお宮で縊死しているのがみつかった、と。うき世からそっと身を引いていったのであろう。

こう書いていても悔いがこみ上げる。色彩分割の塗り分けがしだいに淡泊になって、ある時期から白いクレパスで塗りつぶすだけになったことを、このときあらためて思い起こした。その時点で考えるべきだった。でも私はただ、絵を描くのは負担なのだろうと診察時の描画をやめたに過ぎなかった。統合失調症の患者で同じことがあれば、私はもっと慎重にその意味を考えたに違いない。知的障害ということで軽くみていたのである。「せめてお正月くらいは家で」の通念にとらわれて、この青年にとって年末年始の体験がどんなものだったかに思いを馳せることもしなかった。珍しくその口から語られたことだったというのに。正月外泊にとらわれず、別の時節を選ぶべきだった。

年末になるといつもこの青年を思い出す。年の瀬、この一年が終わり次の一年に移り替わる大晦日の夜は、過去と未来との間にある目に見えぬ淵《ふち》を越える「クリティカルなとき」なのかもしれない。「除夜の鐘」の風習は、その淵をつつがなく越えるための古くからの知恵であろうか。

タイガーマスクとあしながおじさん

ジーン・ウェブスターの『あしながおじさん』（Daddy-Long-Legs、一九一二年刊）には続編がある。邦題は『続あしながおじさん』、原題はDear Enemy（拝啓、敵さま）で、一九一五年の出版。遠藤寿子訳の岩波少年文庫（一九五五年刊）で昔読んだ。訳者の解説によれば、この出版の年にウェブスターは幸福な結婚をしたが、翌年七月、女児を出産まもなく急逝している。産褥熱かなにかだったのだろうか。享年三十九。

『あしながおじさん』の筋書きは紹介するまでもないだろう。孤児院（いまでいう児童養護施設）のジョン・グリーア院で養育されていた孤児ジューディは、グリーア院の評議員のひとりから

文才を認められ、その匿名の評議員宛に手紙を書き送ることを条件に大学進学を援助されることになる。これはおそらく大変な特典ではなかったろうか。大学進学率が五〇％を超える現代日本で、児童養護施設を出た子どもたちで大学に進める者はわずか一〇％である。ジューディは名も顔も知らぬ援助者に「あしながおじさん」のニックネームをつけた。大学に入ったジューディは生まれてはじめて施設の外の世界を知る。やがて学友を通じて知り合ったペンドルトン氏との間に恋が芽生えてプロポーズされるが、彼こそが「あしながおじさん」だったという大団円で、全編、ジューディからあしながおじさんへの手紙から成っている。

『あしながおじさん』の魅力はだれしも指摘するように書簡の生き生きした筆致で、ジューディはあしながおじさんに（援助者だからといって）迎合せず、親密さに満ちた、時には反発も込めた手紙を綴っている。当時の米国の女子大学がどんなものだったかもよくわかる。

この続編は、ジューディの大学時代の親友サリー・マックブライドが、グリーア院の評議員長夫人となったジューディから旧態依然たる院の改革を依託されて新院長に就くところから始まる。ジューディやグリーア院の嘱託医マックレイ医師へサリーが書き送る手紙からなる正編と同じく書簡小説である。タイトルの「敵さま」とはマックレイ医師のことで、新院長サリーと頑固者の嘱託医はことあるごとに衝突を繰り返しながら、対立し合っていた男女がいつしか結ばれるというラブロマンスの定石どおりの結末となる。

『続あしながおじさん』はラブロマンスとしても読めるし、一九〇〇年代始めの米国における女性の新しい生き方をめぐるストーリーとしても読める。しかしここでは、やはり児童養護施設の改革の物語として読んでみたい。私が児童相談所で仕事をするようになったのが一九八四年で、実際に児童養護施設に関わり、遠い昔の話と思っていた『あしながおじさん』『続あしながおじさん』の世界が日本ではほとんど「今」の話だと知って驚いたからである。

『続あしながおじさん』を思い出したのは、タイガーマスク運動の盛り上がりからである。昨年のクリスマス、群馬県中央児童相談所に「伊達直人」の名でランドセルが寄贈された出来事がきっかけで、各地の児童養護施設や児童相談所に匿名の寄付が寄せられるようになった。いっときのブームに終わるかもしれないが、このように児童養護施設とそこで生活する子どもたちへ少しでも社会の目が向かうのは悪いことではない。社会はあまりに無関心だったからである。梶原一騎原作の『タイガーマスク』は断片的に読んでストーリーは知っていた。子どもを救おうとして車にはねられた伊達直人が「タイガーマスク」であることを秘して死んでゆく最終回はたまたま読んでいる。

あしながおじさんもタイガーマスクも正体を隠した援助者という共通性があり、そんなところが人を助けることにシャイな日本人にマッチするのかもしれない。ご存知の方も多いと思うが「あしなが育英会」といって病気や災害で親を失った孤児に奨学金をおくるNPOがあるし、今回の運動をきっかけに「タイガーマスク基金」なる児童養護施設の子どもたちを支援するNPOが梶原一騎ゆかりの方々を中心に発足したと聞く。継続は力なりで、ブームが過ぎたあと、持続的かつ実際的な支援活動がどこまで地道になされてゆくかが鍵だろう。

ウェブスターはいつこの続編を構想したのだろうか。正編の大ヒットを受けて続編をひねり出したというより、孤児院の現状とその改革の物語をあらかじめ射程において正編を書いたのかもしれない。ウェブスターは学生時代から孤児院や救護施設に出入りし、そこで子どもたちと関わり、作家になってからも施設や刑務所改善の委員を務めていた。なんとかしなければ、の強い社会意識を早くから抱いていたにちがいない。そう考えて読めば、続編への布石と思えなくないところも見つかる。

児童相談所の精神科医として施設に入所中の子どもの相談にあずかることが少なくなかった。その最初の子をよく覚えている。もう二十年以上昔の話だけれども、プライバシー保護のため少し変えたり多くを省略して書いてみよう。

児童養護施設に入所している小学校低学年の少女だった。毎晩、深夜に目覚めて大騒ぎをする。施設の園庭には「なかよしの像」と呼ばれる子どもの彫像があって、施設のシンボルだった。ところが、夜な夜なその彫像が施設内をさまよい歩くという怪談が子どもたちの間にいつしか流布していた。少女は「(彫像が)こっちに来る!」「話かけてくる!」と顔をひきつらせて脅え騒ぐのである。保母がなんとかなだめて寝かせつけるが、翌朝、本人はまったく覚えていない。そんな事情で診療の依頼が入った。

医学診断をつければ「夜驚症《やきょう》」である。ただ、それだけではなく、施設内でしばしば寮のお菓子や他児の持ち物を盗り、厳しく指導しても盗みはおさまらず、乱暴な行動も目立つようになって、まわりから「問題児」とみられていた。若干の知的なおくれをもつせいか学業不振も目立った。硬い表情で診察室に入ってきた少女は、問いかけにも口をへの字に曲げたまま無言。きかん気そうな顔だちの小柄な少女だった。髪で隠した傷痕が前頭部にあった。

児童相談所の記録では、生い立ちも大変だった。貧しい家庭だった上、母親は遊び歩いて借金を重ね、子どもはほったらかしだった。二歳過ぎ、少女は事故で脳外傷を負い、それ以降、発達にも遅れがみられるようになった。四歳の頃、父親の働く町工場が倒産、母親は愛人と出奔。いったん母親は家に戻るが、そこに愛人が押しかけてのトラブルや母親の家出が繰り返された末、少女の小学校入学後まもなく母親は行方知れずになる。父親も母親が残した借金の取り立てに窮して身を隠し、子どもは施設に預けられたのである。

この少女のように児童養護施設にいる子のほとんどは、実際には親がいながら、養育が放棄されたり養育の失調が起きたため施設にゆだねられた子どもたちである。サリーの手紙にも「『孤児』という呼びかたは、子どもたちを、あたしが単に包括的に呼ぶ名称で、かれらの大部分はけっして孤児ではないのです」の一節があり、『あしながおじさん』の昔からこの事情は変わっていないとわかる。手紙では親の貧窮やアルコール中毒などが「孤児」の背景にあがっている。アルコール中毒の問題は当時深刻だったらしく、禁酒法制定（一九二〇年）の理由の一つだったかもしれない。

その施設を訪ねてみた。市域を離れた山の中に広大な敷地をもった大施設で、深い夏木立に囲まれていた。もともとは何カ所かに別々にあった小さな児童養護施設を「効率的運営」のために併合して定員二百名余の大規模施設としたもので、長い廊下に沿って居室が教室のようにいくつも並んでいた。いや、実際、校舎の教室を畳に敷きかえて居室にしたような感じで、部屋は築十数年を経て古びている以上に傷み、子どもたちが登校してがらんとしているせいも加わって、いかにも殺風景な印象を受けた。二百人の入る大食堂があって、そこで子どもたちは朝夕の食事を摂るという話だった。

子どもたちが二百人もの大集団で日々を暮らすのは無理がある。職員の目や手もとても届ききれないだろう。しかも一般の生活圏から離れた山中の閉ざされた世界である。子どもたちの間にさまよえる彫像の怪談がひろまってもふしぎはないと感じた。少女はその怪談に憑かれたのだろう。園長のHさんは問題点をよくとらえておられたけれど、その施設の園長ポストは二、三年で異動となるのが慣例だった。全権を委任されたサリー・マックブライドみたいに改革に辣腕をふるうわけにゆかなかっただろう。「親の支えがないここの子どもたちは、そのぶん、みんなで助け合っているのでしょうか」とお尋ねしたところ、H園長は「いやぁ、弱肉強食ですね」と言下に答えられたのに衝撃を受けた。

児童養護施設の職員配置の最低基準は児童六名に対して一名で、これは一九七一年に定められたままである（二〇一二年から五・五名に対して一名に引き上げ）。国の最低基準とは「少なくともこれだけの職員を雇用しないと国（社会）は運営を認めません」と言っているかにみえて、実は「これ以上の職員を雇用しても国（社会）は支援しません」と言っている基準である。いかに非現実的な基準かは、両親で十二人の子どもを同時に育てる家庭が可能か考えればすぐわかる。いや、実際には、交代勤務で、二十人以上を育てる家庭である。

この手薄さで、おとなにしっかり護られている安心感・信頼感をどこまで子どもに与えられるだろうか。手薄さのなかでは、おとな（職員）との関係の力よりも、子ども同士の関係の力のほうが施設生活で強く働きはじめる。それが「助け合う力」になればよいけれども、この少女もそうだが、大切に育まれた体験に乏しく、わが身ひとつで精いっぱいの子どもたちがほとんどの集団である。その子どもたちの集団力学では、年長の子が年少の子を、古参の子が新参の子を、なんらかの力のある子がない子を抑えたり支配する構造がおのずと出来上がってしまう。H園長の口にされた「弱肉強食」とはこれを指していた。これが入所児同士の暴力やいじめ、いわゆる「施設内虐待」が子どもたちの間でしばしば発生する土壌になっている。

少女には定期的に児童相談所まで通ってもらうことにした。私はつき添いのスタッフから話を聴き、心理士に少女との遊戯療法をお願いした。軽い安定剤の少量も処方した。最大の狙いは、通所によって施設の外の空気を吸う機会を少女に与えることだった。それに相談所への往復の間はスタッフを独り占めにして甘えられる。施設の子どもたちがなかなかもてない、しかし、ほんとうはとても必要な体験である。

夜驚はすぐになくなり、それに少女の仕業とばかり思われていた盗みにかなりぬれぎぬがあったことが判明するなど、「問題児」とみていた周囲のまなざしにも変化がうまれ、数回の通所でとりあえずことはおさまって治療は終わった。一年半ほど後、H園長とお目にかかる機会があり、その後はなんとか落ち着いた生活をしていると知れた。しかし、「でも、先はどうでしょうね……」と園長は声を落とした。

制度上、施設の子どもたちは原則として十五歳、中学を卒業すれば施設を出なければならなかった。しかし、少女を引き取るべき家庭は崩壊している。高校進学が施設に残れる唯一の道だが、高校進学が当たり前になった八〇年代にあっても児童養護施設からの高校進学率は五〇%をわずか超す程度で、ましてこの少女の学力ではとうてい困難だった。高度消費社会に入り、中卒で就労できる場は減少の一途である。こうした子どもたちにどんな生きる道を社会は用意しているのだろうか。

『続あしながおじさん』で、サリーはこう書いている。

子どもたちが十六歳になると、すぐ世の中へ突きだしてしまうのは、ひじょうに無慈悲なことに思われます。ここの五人の子どもが、いま押しだされるばかりになっていますが、あたしじしんは、そんなことをさせる気になれませんのよ。のんきな、他愛もない自分の子どものころを、いつも思いながら、あたしが十六歳で働きにだされていたら、どんなめにあっていたかしらと思いますね！

一九一〇年代のサリーの言葉が、現代の日本で、そっくりそのまま使える。いや、そっくりではなく、もっと困難になっているかもしれない。押し出される子どもたちに世の中の戸口は以前にも増して閉ざされているからである。「でも、先は……」の言葉には、これがあった。この少女ひとりの問題ではない。

これから入学する子どもたちにランドセルを、という気持ちは善意のあり方としてよくわかる。そういう美談もあってよい。しかし、あえて現実的にいえば、はるかに必要なものがあって、それは入学よりも卒業してからのちの物心ともどもの持続的支援である。

ジョン・グリーア院は入所児童数が百名を少し超える規模である。正編でジューディが「十八年の間、二十人の仲間と一緒の部屋で過ごしてきたあと……」と述べる箇所があって、居室定員は二十数名という大部屋であったことがわかる。しかし、欧米ではこうした大集団の（大舎制と呼ばれる）施設はとうに廃止されて小説だけの世界となり、里親や小さなグループホームによるケアに取って代わられて久しい。近代先進国では日本だけが、相変わらずグリーア院さながらの大舎制の施設生活を子どもたちに強いているのである。いまでも児童養護施設の七割以上を大舎制が占めている（二〇一二年で五割以上）。

サリーはグーリア院の理事長に次のように書き送る。

もちろん、この建物を改築していただくのはうれしいことです。また、あなたのお考えも、みんなけっこうだと思いますが、あたしにも、べつの考えがすこしありますの。新しい体育館や寝台をならべるベランダもけっこうですけれど、あたしの心は、小さな平家を、どんなにあこがれているでしょう！　孤児院というものの精神方面の仕事がわかればわかるほど、一般の家庭に対抗できる孤児院のただ一つの様式は、集合式の小平家（コッテージ）にかぎると思うのです。家庭が社会の単位である以上、子どもたちは幼いときから、家庭生活に、きたえさせてもらわなければなりません。

その社会で大多数の子どもたちが体験を重ねている日常のあり方、家庭生活のあり方を、それを奪われた子どもだからこそ与えねばならないとサリーは主張している。当たり前の主張だけれども、現在にいたるまで日本ではこれが進んでいない。なぜ、こんなに遅れてしまったのだろうか。日本人は子育てや教育に熱心で、その一般水準はとても高い社会をつくりあげた。子どもたちの多くは大切に手厚く育まれている。けれども、それは親がいる限りにおいてで、親や家族の支えがない子どもには日本社会は極端なほど冷淡である。子どもは社会が共同して育てるという伝統的な子育て観を、私たちは近代化の歩みのなかで置き忘れてきたためであろう。

現代日本の子育ては、もっぱら親子のきずなだけを支えとする営みとなって「私化」の色を濃くし、それだけこまやかなものになったぶん、社会とのつながり、公共性に薄くなった。保育園などの社会的育児もその子の親の私的なニーズに応える「育児サービス」の色彩が強くなっているし、子どもを公共的な存在へと社会化する目的で生まれた公教育ですら個々の親の求めへのサービス業化が進んでいる（「モンスターペアレント」はその極端なあらわれだろう）。

この私化の進行は個々の養育の一般水準を高めたといえる一方、裏返せば、いったん親が子育ての余裕や力を失えば、その子どもの養育水準は支えを失って急落することを意味する。家庭から子育て力を奪う最大の要因は、貧困とそれとリンクした社会的孤立である。貧困や生活難の指標になる生活保護率と、子育ての困難の指標となる虐待相談件数や児童養護施設入所率とは、足並みを揃えるように急増してきている。これが現代日本のいわゆる「児童虐待」とその「増加」の本質と考えることができる。この社会で（子育ても含め）安定した暮らしのキープの困難度が増してきたのではなかろうか。

しかし、子育てを親の私的な営みとみなす社会では、現代の「新たな貧困問題」といった社会的視野からこの問題をさぐる動きは鈍い。養育の失調は、あくまでその親の私的な問題と責任とみなす。だから虐待防止法（二〇〇〇年）では、「虐待」を疑えばただちに児童相談所に通告し（つまり親を告発し）、子どもを親から引き離す原則が立てられた。虐待死が起きればメディアをあげて親を弾劾し、返す刀で子どもを親から護れなかった児童相談所を追及するのがならいとなった。それによって事態がよくなったかといえば逆で、このならいは問題を解決どころかこじらせ、いたずらに児童相談所を疲弊させて地道な対処能力を奪ってしまった。しかもこの社会は、「虐待」をする親を責めながら、子どもを「保護」する施設の最低基準は三十年以上も昔のまま放置してきた。親の「虐待」には騒いでも、親から子どもを離してしまえばその後の境遇や行く末には無関心で、こうした「社会によるネグレクト」が真の解決を著しく遅らせている。

サリーは改革を阻むものとして守旧的な評議員の次のような意識をあげている。

あのひとは、あたしが熱心に採りいれようとしていること、たとえば、あかるい遊戯室とか、きれいな着物とか、入浴、からだにいい食物、新鮮な空気、遊びや慰安、アイスクリーム、キッスなどを、どれもみな、無益な改革だと慨嘆にたえぬ顔をしているのです。あのひと曰く、神さまが、あの子どもたちに、人生に於いてかれらに分相応な地位をおきめになったのに、あたしが不相応にしてしまうのだそうです。

私たちの間にもこれに似た意識は潜んでいまいか。子どもは親が育てるべきなのに、なぜ親でもない自分たちが負担を負わねばならぬのか。養育を放棄したり失敗したのはその親たちの責任で、社会が（自分たちが）引き受ける義理はない。そこをあえて税金を使って養っているのだから、子どもたちは「分相応」をわきまえるべきだ、と。

社会がこの子らにしばしば与えてきた呼称は「恵まれない子どもたち」だった。そこには恵まれないのは定めで、その分に甘んじてやむをえないという眼差しがどこかに潜んでいなかったろうか。ランドセルの贈り物が感動を呼ぶのは、「恵まれない子」だからこそである。

百年前、サリーが思い描いたのは、大舎制をやめて小さな小平家（コッテージ）に子どもたちの日常生活の場を分けることだった。一般の家庭に少しでも近づける努力である。

でも、ここの台所は、とても非教育的です。一回に一俵のジャガイモを料理しなければならないなんて、料理に熱心になろうとする気をくじいてしまいますわ。

いつか、あたしがここの子どもたちを、十の小さな家族に分けて、めいめいに、ひとりずつのやさしい、感じのいい寮母をつけておいたら、どんなにいいでしょうと、お話ししたことがあったと思います。もしも子どもたちを住まわせる、きれいな小平家（コッテージ）が十戸もあって、家のまえのお庭には花を植え、裏庭には、ウサギや小ネコや、犬などを飼っておけたら……

日本の児童養護は現在やっとこの方向に向かい始めている。施設の建物を独立した小さなユニットに分け、それぞれに台所も浴室もある家庭的な少人数の生活単位で養育する「ユニットケア」が導入され始めた。これまでを考えれば先進的な（百年も前に主張されたものを今頃、と思えば後進的な？）この試みは、しかし、現状は必ずしもうまくいっていないかに見える。学校で学級定員を減らせば、そのぶん教員の増員がはかられる。ところが施設をユニットケアに変えても、職員配置基準は変わらない。結果として、さなきだに不足している子どもへの関わりがさらに手薄になるという本来の狙いとは逆の事態が起きてしまうのである。

わかりやすく言えば、ジョン・グリーア院のように一部屋の子どもが二十人なら職員は三人の配置で、一人が抜けてもまだ二人の目や手が残る。ところが定員六人のユニットでは職員は一人になるから、抜ければ誰もいなくなる。ユニットの担当者は孤軍奮闘で、そこをやりくりするのにどれだけ無理を強いられることだろう。もちろん、少人数の家庭的ケアは理念として正しい。でも、その理念を現実のものにするには人的コストの投入が不可欠にもかかわらず、私たちの社会はそれを惜しむ。施設と職員の苦労だけに押しつけている。私たちに「児童虐待」をとがめる資格があるのだろうか？

これを書いているさなか、東日本大震災が起きた。どれだけの子どもたちが犠牲になったか、数も知れない状況である。家族を失った子どもも多数いようが、その数もわからない。テレビの光景に筆が動かなくなってしまった。いや、締め切りに間に合わない言い訳に過ぎないかな。

タイガーマスクとあしながおじさん

刻々とただごとではないことがわかってくる。しかし、すぐさま多くの人々が支援にかけつけ、義捐金も次々に寄せられ、併せて起きた原発事故に体を張って立ち向かう人たちがいる。日本人はエゴイズムのかたまりではなく、窮している人々への情もあり、できるだけ力になろうとする意志もあり、実践する力も持っていることがわかる。これらがなければ、大災害は絶望と無力感をしかもたらさないと思う。救援を惜しまぬ多数の無名の人々が、未曾有の大地震によって、核の恐ろしさをも含めて一挙に蓋の開いたパンドラの箱の底に残った「希望」である。それに背中を押される気持ちで、もう少し書いてみよう。

今回の地震と津波でもそうだったろうが、災害において私たちは真っ先に子どもたちを救い護ろうとするのではないだろうか。単に子どもは弱く庇護される存在だからではない。社会にとって子どもこそ未来だからである。

子どもの身に起きる「災害」とは、地震や津波など自然災害とはかぎらない。子どもの身からすれば、生活難や家族不和、そのほか理由はなにであれ、家庭の崩壊や子育ての失調は理不尽にふりかかる災害も同然だろう。この「災害」に対して、子どもはなすすべがない。東日本大震災で私たちが目の当たりにしたのは、災害とは根こそぎの生活破壊だという事実である。同様に、家族の崩壊は子どもにとってまさに生活の破壊を意味する。大勢をひとまとめに一挙に襲う破壊ではなく、先の少女の例のように個別的に徐々に生活が破壊されて破綻にいたる点が自然災害とちがうだけである。児童養護施設はさしずめ「避難所」であろうか。避難所どまりの生活条件しか、そこで育つ子どもたちに認めてこなかったところに私たちの社会の問題が潜んでいる。現在、やっと手がつけられ始めた、かつてサリーの目指した改革が、内実あるものへと進むことを願わざるをえない。

この大災害にあって被災者支援に人々が真剣にこころを向ける情景を眺めながら、同じこころが全国に三万人を超えるもう一つの被災者たちにも向けられればよいと感じる。私たちはそれができるはずだ。ただ、自然災害は非日常的な大破壊として現前するのに対して、こちらは日常のなかに隠れている。施設の困難な実情は報じられないし、日本は近代化をおし進める過程で「社会が子どもを護り育む」という姿勢を忘れてしまった。

けれども、幕末に訪れた西欧人は日本の伝統社会が子どもたちを大切にするさまを感嘆をもって報告している。ちょうど今、大災害に日本人がとり乱したり略奪に走ったりせずに助け合うさまを感嘆をもって報じているように。これは人間性を押し潰すような災厄のさなかでも私たちが尊厳を失わずに生きんとしている証だと思う。同じく、子どもたちをほんとうに護り育てぬく社会をつくれるかどうか、そこに私たちの人間としての尊厳がかかっていまいか。

ちいさいおうち

バージニア・リー・バートンの『ちいさいおうち』は子どもの頃、繰り返し開いた絵本だった。長くとっておいたけれども、いつしか手元からなくなった。ふと、読み返したくなって書店で買ってきた。「岩波の子どもの本」のシリーズで、久しぶりに手にして石井桃子の訳だったんだと知った。

この日本語版は一九五四年に初版が出されて（原作は一九四二年刊）、一九六五年には大型絵本となり、現在にいたるまで版を重ね続けている。多くの方々が読んでおられるにちがいない。

むかし　むかし、ずっと　いなかの　しずかな　ところに　ちいさいおうちが　ありました。
それは、ちいさい　きれいなうちでした。
しっかり　じょうぶに　たてられていました。

これが冒頭。おとぎ話の定石どおり「むかしむかし」で始まり、それだけで引き入れられる。どんな物語がはじまるのだろう。
ちいさいおうちは丘の上からまわりの景色をいつもながめている。日が昇り、日が沈み、月が昇り、まるかった月がだんだん細くなり、新月の夜はたくさんの星がきらめく。こうして一日が過ぎ、一月が過ぎてゆく。
そして四季が移ろってゆく。春には

のはらの　くさも　みどりに　かわり、木々の　つぼみが　だんだん　ふくらんでいったとおもうと、りんごの　はなが　いっせいに　さきだします。
おがわでは、こどもたちが　あそんで　いるのが　みえました。

夏には

おかは　ひなぎくの　はなで、まっしろになります。はたけの　さくもつは　そだち、
りんごのみは　じゅくして、あかく　なりはじめます。こどもたちは、いけでおよぎました。

秋には

しもが　おりはじめて、
木のはは、きいろや　あかに　そまります。はたけの　とりいれが　おわると、りんごつみが
はじまります。

冬には

いえのあたりは　ゆきで　まっしろになります。
こどもたちは、そりに　のったり、すけーとを　したりしました。

こうした一日のくり返し、一月のくり返し、四季のくり返しが続く。くる年も、くる年も……。
その巡りの中にあって、ちいさいおうちはいつも同じまま丘の上に建ち、じっとそれを見ている。
あたかも時が永遠であるかのように。しかし、いつしか、りんごの木は老木となって若木に植えか

えられ、夏は泳ぎ冬はスケートをしていた子どもたちも、大きくなって町へ出てゆく。それもちいさいおうちはじっと見ている。

後にバートンは『せいめいのれきし』という大作の絵本を出している。最後の作品だったと思う。永遠性を秘めつつ移り変わる長い長い時の流れへの感覚が、デビュー作の『ちいさいおうち』にすでにはらまれていた。といって、ちいさい私はそんなことを考えながら読んだわけではなく、四季それぞれのちいさいおうちの風景が定点観測の手法で描かれているのをひたすら愛したのである。何度も何度も見比べて飽きなかった。

四季の移ろいをたどり、さて次のページを開くと、自動車道路が建設されている光景があらわれる。これまでと変わらぬ牧歌的な自然風景に、とおい町から工事中の道路が異物のように侵入して、ちょっと衝撃的な絵である。

ところが、ある日　いなかの　まがり　くねったみちを、うまの　ひっぱって　いない　くるまが　はしってくるのをみて、ちいさいおうちは　おどろきました。

モータリゼーションの波がやってきたのである。ひなぎくの丘は切り崩され、まがりくねった道は広いまっすぐなアスファルト道路となる。この絵では、おうちのまわりに必ず描かれていた子どもの姿が消え、ちいさいおうちの住人は老いて杖をついてる。時代は変わったのだ。

そして、この絵を境に定点観測の風景が一変する。それまでの六枚は、昼夜、春夏秋冬のちがいが鮮やかに描き分けられながら同じ世界のままだったのに対して、この先は世界そのものが急ピッチに変ってゆく。自動車道路ができただけではない。物語のはじめでは「ずっと　むこうの　とおいところに　まちの　あかりが　みえました」とあった町が巨大な都市へとどんどん膨張して、いなかを呑み込んでゆくのである。

ちいさいおうちの前を車が行き交い、まわりに家々が建ちならび、家々はビル群となり、道路には路面電車が走り、さらに高架鉄道が敷かれ、ビル群は雲をつく高層ビルに建てかわり、地下鉄ができ、というふうに。ページを繰るごとに進んでゆく文明化ぶりが目をひきつけて、やはり、その変化を何度もたどり返して見飽きなかった。

絵本の前半のゆったりした時の流れが、後半ではどんどん加速してゆき、描線にスピード感のある車や電車や行き交う人々の群がそれをさらに印象づけた。ちいさいおうちだけが、もはや丘の上ではなくビルの谷間となったその場所に、時が止まったように残っている。しかし、ひなぎくもりんごの木もなく、都会の喧噪と埃と煙とで、四季はどこにも感じられなくなっていた。

日本でも高度成長時代やそれが高度消費社会に移ってゆく経済発展の流れのなかで急速に都市化が進んだ（過疎化も進んだが）。近代的なビルとビルとの間に「おやこんなところに」というふうに古びたしもた屋などが残っているのを見た覚えがある。過渡的な風景だったのだろうか。

子どもの頃は考えもしなかったが、さぞ地価も上がったろうになぜちいさいおうちは廃屋のまま長い年月残されていたのだろうか。絵でみるかぎり一等地である。その理由も作者は書いていた。そのきれいでしっかりした家を建てた人が、子孫が代々住み継ぐことを願って「どんなに たくさんの おかねを くれるといっても、このいえを うることは できないぞ」と定めたせいだった。こういうところは、おとなになって読み返してはじめて気づく。絵がまさにそうだけれど、小さな子ども向けだからといってバートンは細部をおろそかにしない。

ちいさいおうちは都会がいやだった。夜になると、ひなぎくの花が咲きりんごの木が月の光の中で踊っている情景を夢にみるようになった。おうちにはもはやだれも住んでおらず、ペンキは剝げ、窓は壊れ、すっかりみすぼらしくなっていた。

ある春の日、子孫の一家が偶然そこを通りかかり、ちいさいおうちに目を留めた。

「あのいえは わたしの おばあさんが ちいさいとき すんでいた いえに そっくりです。でも そのいえは ずっと いなかにあって、おかには ひなぎくが さき、りんごの木も うわっていました」。

まさしくその家だとわかると、一家はちいさいおうちをいなかに運び、りんごの木のある丘をみつけて、そこに移築した。月や星を見上げ、季節の巡りを眺められる日々が戻ったのである。絵には、木に登ったりブランコをしている子どもたち、おっかけっこしている犬と猫、芝刈りをする男性、そしてりんごの花の下でおうちをスケッチしている女性が描きこまれている。作者自身の姿でもあろうか。最後のページは月下にまどろむちいさいおうちで、「いなかでは、なにもかもが　たいへん　しずかでした」と結ばれる。

人工的な都市文明への違和と牧歌的な自然への憧憬というモチーフは、ヨハンナ・スピリの『ハイジ』の時代から現在にいたるまで、さまざまなかたちで繰り返されている。「文明（人工）」こそが人間を脅かしているという考えは、文明社会の中で必ず生まれ、ひとつの力を持ち続ける。文明はすべてよしではない。『ちいさいおうち』もそんな文明批判として読めるかもしれない。しかし、そうした違和や批判にもかかわらず、この絵本のとおり、都市化・文明化は進み続けて、止むことを知らない。なぜだろうか。ほんとうは逆で、都市化・文明化の進展が初めて自然への強いあこがれを生みだすのであろう。ちいさいおうちも、都会の真ん中になったとき、ひなぎくやりんごの木の夢を見るようになったのである。

近代以降、都市化・文明化が急速に進みはじめたのは、人々（個人個人の）の欲望が大きな社会的な力として働くようになったからにちがいない。近代以前の社会を支配していた、特定の階層に占有された統治や、宗教的・伝統社会的な束縛や禁欲原理から解き放たれたことがそれを可能とした。その欲望の力が、ちいさいおうちのまわりの世界の急激な変容を押し進める原動力だった。もっと豊かに・もっと便利に・もっと好きに暮らしたいという人々の欲求が高まれば、伝統社会のように畑を耕したり魚を獲ったりの自然労働が主体では、それを満たすに足る生産性、すなわち富は得られない。それに代わる高度のテクノロジーや複雑な社会システムを作り上げねばならなかった。これが現代文明である。その文明がテクニカルな可能性をひろげ、それがまた新たな欲望を作り出すため、この発展はとどまるところを知らない。労働の効率性からもさまざまな欲望を満たす利便性からも大勢が集中したほうが都合がよいので、人々は都市に集まってくる。自然に包まれていたちいさいおうちは、こうして膨らみ続ける大都市（欲望）に呑み込まれたのである。

しかし、ちいさいおうちは人間ではないので「欲望」をもたない。だから、都市化・文明化から得られるものは何もなく、それだけに失われたもの、奪われたものがピュアに浮き彫りになるのだろう。ひなぎくの花や小鳥のさえずり、りんごの木、月の満ち欠けや星々の瞬き、四季折々の自然の変化、ゆったりとした時の巡りや静かさ……。長い歳月のあと、それらに再会できた安堵としあわせとともに絵本は終わっている。

人間ではどうだろうか。半世紀以上も昔に描かれた『ちいさいおうち』に私たちはいまも共感を覚える。多くの親がわが子に読ませたいと願い、この本は現在まで版を重ねている。高度に文明化しながらも、あるいはそれゆえにこそ、季節豊かな自然への希求（欲望）を私たちはどこかこころの底に抱いている。もともと人間も自然の一部で、春が過ぎ夏が来て……という自然の巡りを生存のサイクルとしてきた存在だからであろう。

とはいえ、人間は自然に還ることはできない。ちいさいおうちみたいに再び遠いいなかに戻るには、膨らんだ欲望を縮めねばならない。それができるだろうか。現に自然に包まれたいなかでは過疎化が進んでいる。文明は後戻りできないとよく言われるのは、人間はいったん膨らんだ欲望を縮められないからである。ただ、文明は後戻りはできなくても、滅ぶことはできる。歴史は、多くの文明の滅亡や衰退を伝えている。

私たちは高度な現代文明のただなかで、それを享受しながら、一方でその文明への違和や不安もこころのどこかに抱え、それが自然への願望や欲望としてあらわれる。ちいさいおうちのように。とはいいながら、その文明が滅んで自然状態に還ることを私たちは欲しているわけではない。なんと人間の欲望とは矛盾にみちていることか。


ギリシャ神話ではプロメテウスが人間に「火」を与えたのが文明のはじまりとされる。ちいさいおうちでも煙突から煙があがっている。人間の高い欲望が満たすためには、それだけ高いエネルギーが必要で、プロメテウスはそれを与えたのである。動物が火を必要としないのは、それほど大きな欲望をもたないからだろう。近代以降、欲望を解放した人間が文明化の道を突き進みはじめたとき、それを担う大きなエネルギーを必要とした。風車や水車は昔からのものだが、工場機械を水力で回すようになり、蒸気機関の発明によって石炭の火力にかわり、やがて石油が中心的なエネルギー源となっていった。文明の問題はエネルギーの問題と言ってよいかもしれない。

高度に進む文明（欲望）は、さらに大きなエネルギーを探し求め、そこで生み出されたのが原子力だった。大量破壊兵器としてまず実用化されたそのエネルギーのすごさを「平和利用」しない手はない、と。「原子の火」を手にすることで人間は第二のプロメテウスになった。というのは、それまで人間が利用してきたエネルギーはもともと自然界に日常的にあるものだった。陽が照る、風が吹く、水が流れる、火が燃える。だれもがよく知り、よくなじんだ現象ばかりである。太陽光発電も風力発電も水力発電も火力発電も、高度に技術化されてはいても、ちいさいおうちの庭に陽が注ぎ、風がりんごの枝を揺らし、丘から小川が流れ、暖炉で薪が燃える……それら自然天然のエネルギー現象の延長に過ぎない。ところが、原子力はそれらとは異質で、自然界ではふつうでは起きないエネルギー現象を人間が現代テクノロジーを駆使してあえて引き出したものである。プロメテウスになったとは、地上になかった新たな「火」をみずからに与えたという意味である。

自然界にふつうでは起きないのは、ふつうに起きていたらその自然界はもたないためだろう。原子力が自然にはめったに生じない力であるおかげで、こうして地球上の生命は無事に存続してきた。その力を高度な技術によって無理に（?）引きだしてエネルギー源とするのは、当然、危険が潜んでいなかったろうか。あえて自然の安全弁を外して、欲望を満たす真似ではなかったか。福島原発事故が突きつけたのは、まさにその問題だった。

もちろん、風力、水力、火力など自然の諸力も大災害を引き起こすことは、昔から知られていたし、まさに大津波で体験したとおりである。とはいえ、福島の災害が、従来の自然災害とはまったく異なる色を帯び、見通しもつかぬ混乱と消耗戦を強いられている現状をみると、あらためてとんでもない「火」だったのでは、と思う。

もし、そういう言い方が許されるなら、自然の諸力には節度というか歯どめがある。どんな大型台風もみずから立ち去る、どんな大地震も大津波も大噴火もおのずと止む。大火もやがて鎮火する。その間はなすすべがなくても、そのあとはただちに復興に取りかかれる。ところが原発の災いはおのずとおさまってはくれない。あたかも人間の欲望かのように歯どめがない。だから、それを作った自分たち人間の責任と力でおさめるほかないけれども、今回つきつけられたのは、その責任性も力もおぼつかない現実だった。

福島原発の被災地域が、まさに『ちいさいおうち』にあるような自然豊かな畑や牧場の一帯だったことがこころを刺す。文明化の波がちいさいおうちに何をもたらしたかをバートンは描いたけれども、文明がこんなかたちでいなかを襲うとは思いもよらなかった。人っ子ひとりいない村々を季節だけがゆっくり巡る風景がいつまで続くだろうか。

原子力発電を推進したのは、私たちの文明（欲望）である。今後の原発について社会がどんな合意を得るかは、私たちの欲望の問題だろう。おそらくは「これを教訓に絶対的な安全を確立した上で、原発を続けよう」に落ち着くのではあるまいか。エネルギー不足による生産力低下（窮乏）や不自由さに私たちの欲望は耐えられないだろうからである。太平洋戦争の発端もそれだったごとく、エネルギー資源確保への強迫を低資源国日本は逃れられない。もちろん、ほかの手段を開発してエネルギー源にという意見も出ようが、それまで待てない、すでにある原発を使うほうが早いし、とりあえず安上がりと欲望は主張する。絶対的に安全か否かは、実験するわけにいかぬ机上の論を出ないため、どこかで見切り発車しかない。先ずはそんな方向に進みそうな気がする。問題は、その先だろう。

陽射しの力、風や水や火の力。それら自然の力に人間は太古からかかわり続け、その力に助けられて生きてきた。だから、私たちはそのやさしさを知っている。いかに文明化しても自然への愛着や憧憬が消えないのは、このためではないか。それと同時に、自然の力の過酷さも、残酷さも、自分たちを超えた力であることも知っている。人間は自然と戦ってもきたからだ。私たちは自然の力を借りることはできても、制御しきることや制圧することはできない。例年繰り返される自然災害のたびに多数の犠牲者が生まれ、そのつど思い知らされることである。なぜ防げなかったかと私たちは悔やむけれども、防ぎ切るのは無理がある。巨大な防波堤を築いたのに、といったことがかならず起きる。自然の力への畏れを、人間は久しくもち続けてきたはずである。

原子力はそれとはちがい、新しい種類の力を人工的に引き出したものである。自分たちが作り出した力だもの、自分たちの手で制御できると考えていたふしがある。多くの専門家が「安全」を断言してきた理由は、これだったであろう。そこには畏れが欠けていたかも。これまで地上になかった力、第二のプロメテウスの火が生やさしいはずがない。神話は火をもたらした後のプロメテウスの運命を語っている。人間もみずからもたらした「火」によって核の恐怖との隣り合わせる運命となった。

その隣り合わせ感が迫るつど起きるのが反核運動である。八〇年代に盛り上がりを見せた反核運動は全面核戦争の恐怖に突き動かされたもので、その恐怖のシンボリックなイメージとして「核の冬」が語られた。それに対して、今回は放射線被爆による健康被害の恐怖が前面に押し出されている。「鼻血」がその恐怖のシンボルとなった。前者は東西冷戦下でのヨーロッパへの核配備、後者は原発事故という背景のちがいがあるが、ここには世界の破滅という恐怖から健康被害というずっと個人化した恐怖へと、恐怖のあり方に変化がみられる。この変化はなにを意味しようか。

ひとつは、現代では「世界」「人類」といった大がかりな共同理念を生きることは難しくなり、めいめいが個人を生きる度合いが強まったことだろう。もうひとつは、文明の発展が多くの病を克服した結果、子どもの病死は激減し、寿命も大きく伸び、それゆえにこそ健康への欲望がいっそう高まり、健康への害にセンシティブになったことだろう。この健康欲求がしばしば向かうのは、文明産物は健康を損ない天然自然が健康を護るという『ハイジ』の時代から文明社会の中を連綿と流れてきた思想である。無農薬作物、有機栽培、無添加食品から様々なサプリメント……。ちなみに

「ハイジ」の名は健康の女神、ヒギュエイアから来ている。この思想からは、文明技術によって巨大な人工エネルギーを作り出す原子炉の脅威、そこから生まれる放射性物質の有害性は議論の余地なく明らかで、それによる健康被害こそが恐怖の中心となるのは当然といえる。

「恐怖」とは理屈をこえているからこそ「恐怖」で、核戦争によるハルマゲドンの恐怖から低線量被曝による健康破壊の恐怖まで、それらを論理や実証によって和らげたり解消することは不可能だと思う。安全性を巡る議論が決着することも、原発推進派と脱原発派が妥協点を見いだすこともありえぬだろう。核をめぐって未来永劫に続く不和対立と憎悪。これこそ第二のプロメテウスに課せられてしまった運命の罰なのかもしれない。

この罰から逃れるには「火」を捨てるほかない。福島に何が起きたかを見れば、捨てて当然ともいえる。でも、できるだろうか。文明（欲望）は後戻りできない。それにもっと長い目で現実を見つめれば、石油資源はいつか底をつく。いまは温暖化の危機でも、いずれ地球は氷河期に向かい、並大抵でない寒冷化の危機が待っている。そんな先まで心配しても仕方ないかもしれないが、案外まぢかでない保証はない。その際、私たちは現在あたり前に享受している文明生活を失うこと、文明の滅びに耐えられるだろうか。

「そのときは滅びるまでだ」も一つの覚悟だけれども、人間の欲望はやはり文明を（自分たちを）生きのびさせる道を懸命に求めるのでは？　それには極めて大きなエネルギー源がどうしても必要で、核エネルギーに頼らぬわけにいかない気がする。長いタイムスパンで考えれば、自然の太陽の縮小版である核融合炉の完成と実用化に努力する以外にないかもしれない。ある技術が捨てられるのは、それを凌駕する技術が現れることによってのみである。

氷河期に入っても、ちいさいおうち的な世界が、これもちいさい人工の太陽のぬくもりによって護られていく文明世界。『ちいさいおうち』も読んだし『鉄腕アトム』も読んで育った世代としては、そんな夢想をするのである。

あとがき

この三月に大学を定年退職。その記念に本を出すようにと、これは親しい同僚の伊藤研一教授からのお勧めだった。年季を終えたことが記念に値いするかはともかく、顧みれば実に多くの方々のご理解やご助力あってこそ無事ここまで来られたわけで、その御礼代わりの小さな本をと思った。

論文集という案もあったけれど、以前『教育と医学』（慶應義塾大学出版会）誌に小文を連載したことを思い出し、伊藤教授と相談し、それを一冊にまとめることにした。こんな機会でもなければ上梓することもなかったろう素人のエッセイである。

本文でも触れたとおり「教育と医学の会」の会長でいらした村田豊久先生のお誘いで執筆することになり、同誌編集者の西岡利延子さんからの励ましに後押しされて連載をまっとうできたものである。バックナンバーを調べたら、二〇〇八年一〇月から二〇一一年七月までほぼ隔月で執筆しており、もう十年近く経っているのに驚く。歳月は早い。

自註を加える必要もない本だが、折しも類のない激雨、時期はずれ・コースはずれの台風、記録破りの全国的な猛暑……今年はなかなか大変な年となった。これから秋を迎え冬に入るとどうなろうか。本書のなかでもの雨や嵐、夏の暑さを語ったけれども、その季節変化がギアアップした感がある。四季の移ろいになにか大きな基礎変動が生じているのだろうか。偶然なんらかの気象条件が重なった今年だけの話なのだろうか。

定年を機会に生活の場を沖縄に移した。夏の暑さは覚悟（期待？）していたのに、本土各地で三九度、四〇度の熱夏が報じられるさなか、南の島は高くて三二〜三三度という涼しさに各地の友人知人に羨ましがられようとは思ってもみなかった。

雑誌連載のかたちから一書のかたちに移すにあたって、加筆や手直しをはかった。あらためてこれまで私を支えてくださった多くの方々、そして本書刊行にこころを尽くしてくださった日本評論社の遠藤俊夫さんに深く感謝を述べたい。

二〇一八年　夏

滝川一廣

●著者略歴——
滝川一廣（たきかわ・かずひろ）

1947年名古屋市生まれ。名古屋市立大学医学部卒業。同大学精神医学教室（木村敏教授、中井久夫助教授）へ入局。岐阜病院を経て、名古屋市児童福祉センターへ。95年に東京に移り青木病院に勤務。99年より愛知教育大学障害児教育教室および同治療教育センターへ。2003年より大正大学人間学部教授。09年より学習院大学文学部教授。18年定年退職。

著書に、『家庭のなかの子ども 学校のなかの子ども』(岩波書店)、『「こころ」はどこで壊れるか』『「こころ」は誰が壊すのか』『「こころ」はどこで育つのか』（聞き手＝佐藤幹夫、洋泉社）『「こころ」の本質とは何か』（筑摩書房）、『新しい思春期像と精神療法』（金剛出版）、『学校へ行く意味・休む意味』（日本図書センター）、『子どものそだちとその臨床』（日本評論社）、『子どものための精神医学』（医学書院）、『治療のテルモピュライ―中井久夫の仕事を考え直す』（共著、星和書店）、などがある。

こころの四季《しき》

2018年9月25日　第1版第1刷発行

著　者——滝川一廣
発行者——串崎　浩
発行所——株式会社 日本評論社
〒170-8474 東京都豊島区南大塚3-12-4
電話03-3987-8621(販売) -8598(編集) 振替00100-3-16
印刷所——港北出版印刷株式会社
製本所——株式会社難波製本
装　幀——駒井佑二
装　画——赤田美砂緒

ISBN978-4-535-56369-8 Printed in Japan